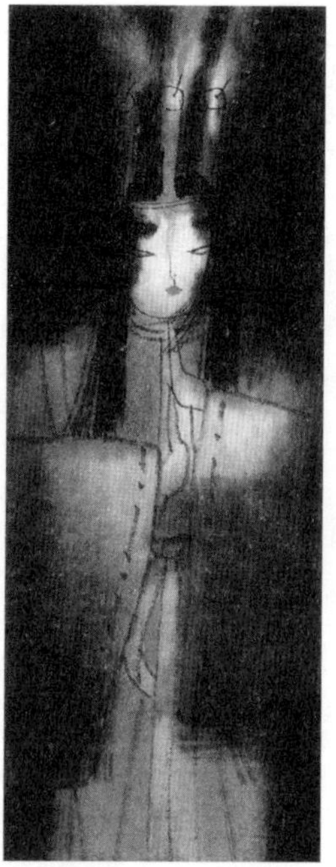

陰陽師

付喪神卷

陰陽師系列

第三部

夢枕獏——著

茂呂美耶——譯

新版推薦序

伴隨《陰陽師》系列小說十五年有感

承接《陰陽師》系列小說的編輯來信通知，明年一月初將出版重新包裝的第一部《陰陽師》，並邀我寫一篇序文。

收到電郵那時，我正在進行第十七部《陰陽師螢火卷》的翻譯工作，而且，由於晴明和博雅這兩人拖拖拉拉了將近三十年的曖昧關係（中文繁體版則爲十五年），終於有了一小步進展，令我陷入興奮狀態，於是立即回信答應寫序文。因爲我很想在序文中向某些初期老粉絲報告：「喂喂喂，大家快看過來，我們的傻博雅總算開竅了啦！」

其實，我並非喜歡閱讀BL（男男愛情）小說或漫畫的腐女，《陰陽師》也並非BL小說，但是，我記得十多年前，曾經在網站留言版和一些《陰陽師》死忠粉絲，針對晴明和博雅之間的曖昧感情，嬉笑怒罵地聊得鼓樂喧天，好不熱鬧。

說實在的，比起正宗BL小說，《陰陽師》的耽美度其實並不高。就我個人觀點而言，這部系列小說的主要成分是「借妖鬼話人心」，講述的是善變的人心，無常的人生。可是，某些讀者，例如我，經常在晴明和博雅的對話中，敏感地聞出濃厚的BL味道，並爲了他們那若隱若現，或者說，半遮半掩的愛意表達方式，時而抿嘴偷笑，時而暗暗奸笑。

身爲譯者的我，有時會爲了該如何將兩人對話中的那股濃濃愛意，翻譯得不露骨，但又不能含糊帶過的問題，折騰得三餐都以飯糰或茶泡飯草草果腹，甚至一句話要改十遍以上。太露骨，沒品；太含蓄，無味。所幸，這種對話不是很多。是的，直至第十六部《陰陽師蒼猴卷》爲止，這種對話確實不多。

然而，我萬萬沒想到，到了第十七部《陰陽師螢火卷》，竟然出現了令我情不自禁大喊「喂喂，博雅，你這樣調情，可以嗎？」的對話！不過，請非腐族讀者放心，這種對話依舊不是很多，況且，說不定我們那個憨厚的傻博雅，不明白自己說的那些話其實是一種調情。而能塑造出讓讀者感覺「明明在調情，但調情者或許不明白自己在調情」的情節的小說家夢枕大師，更令人起敬。

話說回來，不論以讀者身分或譯者身分來看，《陰陽師》系列小說最吸引我的場景，均是晴明宅邸庭院。那庭院，看似雜亂無章，卻隨著季節交替輪換而自有一番情韻。倘若我在進行翻譯工作時的季節，恰好與小說中的季節相符，我會翻譯得特別來勁，畢竟晴明庭院中那些常見的花草，以及，夏天吵得不可開交的蟬鳴和秋天唱得不可名狀的夜蟲，我家院子都有。只是，我家院子的規模小了許多，大概僅有晴明宅邸庭院的百分或千分之一吧。

爲了寫這篇序文，我翻出《陰陽師飛天卷》、《陰陽師付喪神卷》、《陰陽師鳳凰卷》等早期的作品，重新閱讀。不僅讀得津津有味，甚至讀得久違多年在床上迎來深秋某日清晨的第一道曙光。

此外，我也很佩服當年的自己，竟然能把小說中那些和歌翻譯得那麼美。不是我在自吹自擂，是眞的。我跟夢枕大師一樣，都忘了早期那些作品的故事內容，重讀舊作時，我眞的在文字中看到當年爲了翻譯和歌，夜夜在書桌前和古籍資料搏鬥的自己的身影。啊，畢竟那時還年輕，身子經得起通宵熬夜的摧殘，大腦也耐得住古文和歌的折磨。如今已經不行了，都盡量在夜晚十點上床，十一點便關燈。因爲我在明年的生日那天，要穿大紅色的「還曆祝著」（紅色帽子、紅色背心），慶祝自己的人生回到起點，得以重新再活一次。

如果情況允許，我希望能夠一直擔任《陰陽師》系列小說的譯者，更希望在我穿上大紅色背心之後的每個春夏秋冬，仍可以自由自在穿梭於晴明宅邸庭院。

茂呂美耶

於二〇一七年十一月某個深秋之夜

目錄

平安時代中期的平安京

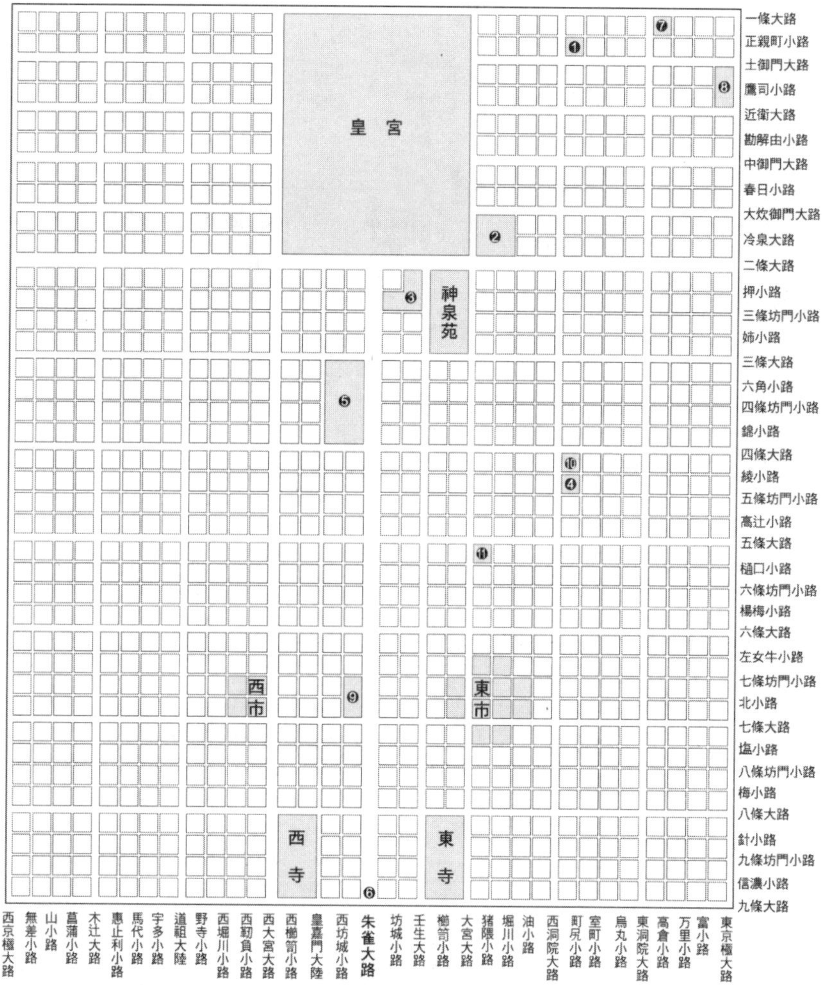

❶安倍晴明宅邸　❷冷泉院　❸大學寮　❹菅原道眞宅邸　❺朱雀院　❻羅城門　❼藤原道長「一條第」
❽藤原道長「土御門殿」　❾西鴻臚館　❿藤原賴通宅邸　⓫藤原彰子邸

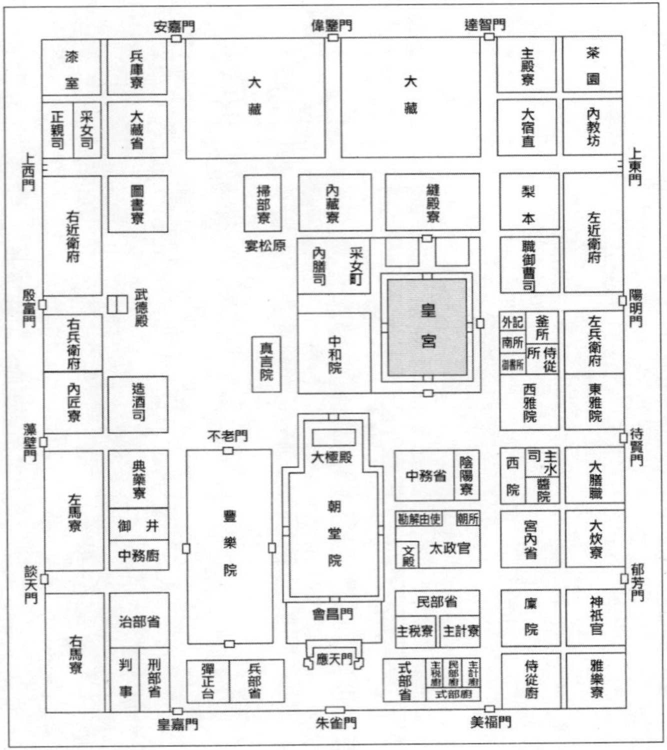
安嘉門
偉鑒門
達智門
漆室
兵庫寮
大藏
大藏
主殿寮
菜園
正親司
采女司
大藏省
大宿直
內教坊
上西門
上東門
圖書寮
掃部寮
內藏寮
縫殿寮
梨本
右近衛府
左近衛府
宴松原
內膳司
采女町
職御曹司
殷富門
武德殿
皇宮
陽明門
右兵衛府
外記
釜所
南所
所
侍從
御書所
左兵衛府
真言院
中和院
內匠寮
造酒司
西雅院
東雅院
藻壁門
不老門
大極殿
待賢門
典藥寮
中務省
陰陽寮
西院
司
主水
醬院
大膳職
左馬寮
豐樂院
朝堂院
勘解由使
朝所
御井
宮內省
大炊寮
中務廚
文殿
太政官
郁芳門
談天門
民部省
廩院
神祇官
治部省
會昌門
主稅寮
主計寮
右馬寮
判事
刑部省
彈正台
兵部省
應天門
式部省
主稅廚
民部廚
主計廚
式部廚
侍從廚
雅樂寮
皇嘉門
朱雀門
美福門

大內裏

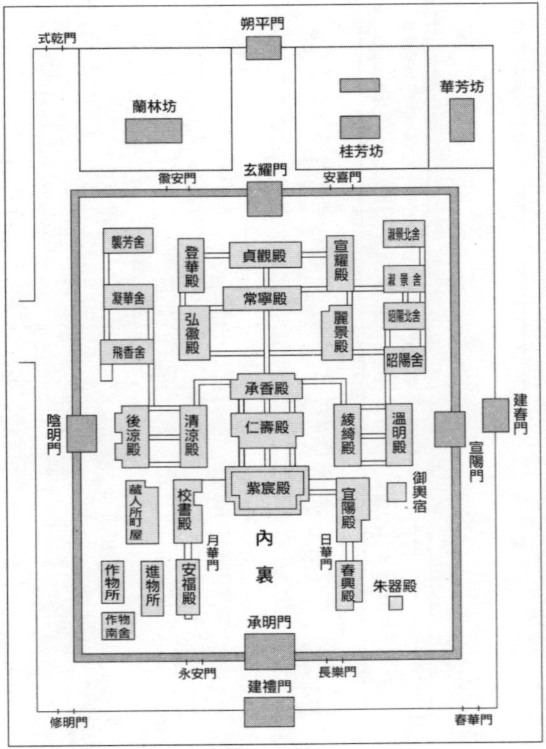
朔平門
式乾門
華芳坊
蘭林坊
桂芳坊
徽安門
玄耀門
安喜門
淑景北舍
襲芳舍
登華殿
貞觀殿
宣耀殿
淑景舍
凝華舍
常寧殿
昭陽北舍
弘徽殿
麗景殿
飛香舍
昭陽舍
承香殿
建春門
陰明門
後涼殿
清涼殿
仁壽殿
綾綺殿
溫明殿
宣陽門
紫宸殿
御輿宿
藏人所町屋
校書殿
宜陽殿
月華門
內裏
日華門
作物所
進物所
安福殿
春興殿
朱器殿
作物南舍
承明門
永安門
長樂門
建禮門
修明門
春華門

內裏（皇宮）

瓜仙人

一

高大柿樹下，十餘名役夫正在休息。

七月三日——中午時分。

梅雨期剛結束，晴空灑下炙烈陽光。

役夫皆避開烈陽，在樹下乘涼。

話說回來，那株柿樹實在高大。即便兩個成人展開雙臂環抱，依然綽綽有餘。樹枝往四方伸展，下方形成樹蔭。在那兒，有好幾匹馱負著瓜籠的馬。

這附近是大和國①途經宇治②前往京城的要道。

役夫似乎預定從大和國以馬匹運載瓜果到京城。途中，在這株柿樹下暫時休息避暑。

陽光炙烈得幾乎能燙熟馬背上的瓜果。

役夫各自伸手取出瓜果，津津有味地啃著。瓜果的甘美芳香隨風四處飄蕩。

在同一株柿樹下，源博雅坐在摺疊凳上，漫不經心地望著役夫啃瓜果的模樣。腳邊擱著裝水的竹筒。

---

①今日本國奈良縣。

②今日本國京都府宇治市一帶，在平安時代，是貴族的別墅地區。

他正打算從長谷寺回京城。

源博雅是護送皇上抄寫的《般若心經》到長谷寺，歸途中爲了避開艷陽而停駛牛車，躲在這樹蔭下乘涼。

雜役三名、隨從二名，加上博雅，一行總計六人。

雜役徒步，隨從則騎馬。眾人各自停住腳步、下馬，在樹蔭下休息。

「哎呀，眞是的，替皇上送東西也不是輕鬆的差事。」

「這是第二次了。」

兩名隨從在一旁聊天，聊天內容傳到博雅耳裡。

皇上最近似乎動了興，忙著抄寫《般若心經》，寫完後，便命人送到各處寺院納獻。

已有很多人奉命負責這項差事，博雅本身則如隨從所說的，是第二次。

第一次是十天前，那時前往的寺院是藥師寺。

「最近京城怪事很多，皇上是不是爲了這個而抄寫經文？」

「不是吧，怪事出現之前，皇上便開始抄寫經文了。抄寫經文與怪事是兩回事。」

「不過，怪事很多倒是眞的。」

「唔。」

「聽說民部③大夫藤原賴清大人的下女，不也遭遇了怪事嗎？」
「這不是昨晚我在長谷寺告訴你的嗎？」
「喔，對，正是你說的。」
「最近發生的，是住在西京的某人，於三天前夜晚，在應天門用箭射下一個發出青光的圓球。」
「唔。」
兩名隨從說的都是這類話題。博雅也聽過隨從所說的怪事。
民部省藤原賴清家的下女所遭遇的怪事，詳情是這樣的：
藤原賴清是齋院④事務員。長年累月在齋院負責雜務，某天，因觸犯齋院官規，而回到自己的領地木幡，禁閉在家。
木幡位於京城至宇治的大道途中。
賴清手下有個下女，人稱「參川嫂」，娘家在京城。
由於主人賴清回到木幡，她沒工作可做，只好回到娘家。大概是七天前，有個賴清派來的男僕帶來口信：
「最近一直待在木幡的大人，因有急事打算遷移到別處。不過人手不夠，妳能不能過去照料大人的身邊瑣事？」
下女有個五歲的孩子，聽男僕如此說，她便抱著孩子來到對方指定的地

③唐名是戶部、地官。
④神祇官西院。神祇官是掌管宗廟祭祀的機構。

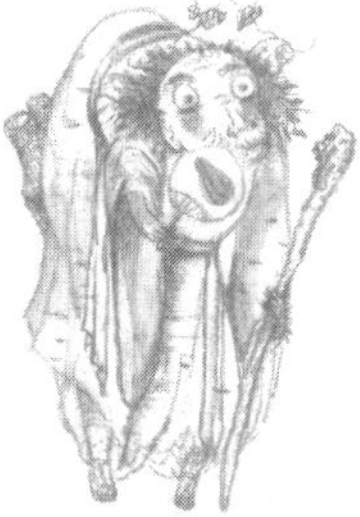

點。

到了那裡一看，賴清的妻子也在那屋內，親暱地迎接了下女：

「眞難爲妳特地趕過來。」

賴清的妻子又說，湊巧賴清出門去了，家裡只有自己一個人在，可是要做的事很多，希望下女幫她打點。

下女便和主母一起在家裡打掃、染布、洗衣、漿衣等等，眨眼間便過了兩天。

然而，這兩天始終不見主人賴清回來。

「大人現在又回到木幡去了。不過，這兒也整理得差不多了，麻煩妳到木幡一趟，請大人和其他人都搬過來住吧。」

既然主母如此說，下女便把孩子留在那個家中，興沖沖地出發到木幡。來到主人家後，不但賴清在家，連往昔一起工作的男僕與下女等人都在。

看到久違的熟人，也顧不得話家常，下女便向賴清傳達了主母的吩咐。沒想到賴清反而詫異地回問：「妳到底在說什麼？」

接著又說：「我並未搬到妳說的那間房子去，也沒打算搬。現在總算解除了禁閉懲戒，我正打算搬回原本的宅邸呢……」

因此，賴清召回往昔的下女與男僕，眾人現在才會聚集在木幡這邊。

「我也命人到妳娘家找妳，可是妳娘家的人說，早已有人傳過話，而妳也出門了。我本以爲大概有人比較細心，提早去通知妳說懲戒已經解除，但等了兩天還不見妳過來，大家正在擔心呢。妳這兩天到底去了哪裡？」

下女聽到主人如此說，嚇了一大跳，趕忙說明事情的來龍去脈。

「眞是太奇怪了，內人一直都在木幡這個家裡，現在也在呀。」

賴清向裡屋喚了一聲，只見應該在另外一個家的主母出來了，並向下女招呼：

「哎，好久不見了。妳總算趕來了。」

下女見狀更是嚇得語無倫次。

難道是被鬼纏身？

五歲的孩子還託放在那個家中。

如果是鬼化爲主母，那麼，孩子不是早就讓鬼吞噬了？

眾人趕緊戰戰兢兢來到下女所說的地方一看，只見將要崩塌的土牆裡，只有一棟荒廢宅邸，看不到任何人影。

而下女的孩子，就在雜草叢生的院子中嚎啕大哭。

——這事發生在五天前。

西京某人在應天門上看到發光的東西，則在三天前。

西京某人——是位武士。

他母親久病纏身，長年臥病在床。

三天前夜晚，突然說想見弟弟一面。所謂弟弟，當然不是母親的弟弟，而是武士的弟弟——也就是說，是母親的次子。

這次子入法門當了僧侶，人在比叡山內。只是，目前因事來到京城，應該借宿在三條京極附近的師僧家才對。

「拜託你去叫那孩子過來一趟。」

雖然還不到比叡山那麼遠，但三條京極離武士家仍有一段相當遠的距離。況且已是三更半夜，隨從都回去了。

那不是單獨一人去得了的地方。

「明天早上我再去叫他來吧。」

「我的性命已拖不到明天早上了，今晚我一定要見那孩子一面啊。」

聽到母親迫切的哀求，武士很不忍心，回說：

「好吧。既然如此，就算是半夜也無所謂。我一定拚死也把弟弟帶來。」

於是，身為兄長的武士，帶著三支箭，單獨一人橫越內野⑤出發。

細長月亮應該還掛在天空某處，但沉重的雲朵籠罩上空，眼前幾乎伸手

⑤當時，內野那一帶是原野。

不見五指。

眞是無比恐怖。

走著走著，武士來到應天門與會昌門之間。

武士戰戰兢兢地穿過二門之間，好不容易才抵達師僧僧房。叫醒了師僧，問明弟弟去向，師僧竟然回說：令弟已於今朝回到比叡山去了。

既然回到比叡山，武士便無可奈何了。

武士只好折回老母親正在等待消息的家中。途中，再度來到應天門與會昌門之間。

這會兒比先前更加恐怖。

走在兩門之間時，武士偶然抬頭望了一眼應天門樓頂，發現樓頂有一團發青光的東西。

吱！

吱！

樓頂傳來老鼠叫聲，接著是一陣笑聲自頂上降落。

武士忍住想叫出聲的恐怖，穿過了那段路。

吱！

吱！

老鼠的吱吱叫聲尾隨在武士身後。

武士加快腳步，老鼠叫聲也跟著加快速度。

武士終於拔腿飛奔起來。

然而，那叫聲竟也緊跟在後。

武士不知道自己到底跑過什麼地方，回過神時，才發覺自己來到五條堀川附近。

對方大概終於放棄追蹤了，身後已聽不到老鼠吱吱叫聲。

武士安心地正欲跨開腳步，那團發青光的東西竟然又出現在前方。

吱！

吱！

耳邊再度傳來老鼠叫聲。

「哇！」武士大叫一聲，搭弓射箭，一箭命中那團青光。同一瞬間，青光卻消失了，然後是不知何人的哄笑聲響徹夜空。

將近清晨，武士才回到家中，結果當場便發高燒，躺在鋪在母親身旁的病榻。

看到兒子的異變，母親反而振作起精神。起身走動雖還嫌勉強，但這回換成兒子臥病在床，所以聽說現在是母親在照顧兒子。

隨從閒聊的內容正是上述這些事。

正如兩人所說，最近京城的確發生了不少怪事。

博雅喃喃自語：「回去後，到晴明家一趟吧……」

「不行，不行……」聲音來自一旁。

轉頭一看，原來不知自何處出現了極爲年邁的老翁，站在吃瓜果的男人面前指手畫腳。

「可以嗎？可以嗎？可以分個瓜果給我嗎？」

那老翁穿著非常古舊的麻布單衣，腰上束著帶子，腳履平底木屐，左手拄著枴杖。白髮蓬亂如雜草，衣服前襟大大敞開，右手拿著一把破爛扇子，正往衣內搧風。

「不行呀，這個不能給你。」一名役夫邊吃瓜果邊回應。

「天這麼熱，口好渴啊，拜託你們分一個瓜果給我吧？」

「這瓜果不是我們的。我們是想分一個給你，但這是某位大人命我們送到京城的東西，不能分給任何人。」

「可是，你們現在不也擅自在吃瓜果嗎？」

「這算是我們的酬勞，瓜果主人當然也懂得這道理。」役夫不理老翁。

大和國盛產瓜果，每逢旺季，這條大道上，便有許多運送瓜果到京城的役夫熙來攘往。

「是嗎？既然如此，那給我瓜子也好，可以嗎？」

老翁指著役夫腳下。原來役夫腳下有無數吐出的瓜子。

「瓜子的話當然可以，全部拿去吧……」

「不，一粒就可以了。」

老翁彎下腰，自地面拾起一粒瓜子。

走了幾步，老翁停下來，用枴杖在地面挖洞。

博雅好奇地繼續觀望，只見老翁將瓜子扔進枴杖挖出的小洞中，再蓋上剛剛挖出的泥土，填平小洞。

老翁轉身向博雅問道：「對不起，能不能分給我一些水？」

博雅舉起自己腳下的竹筒，遞給老翁。

「太不好意思了。」

老翁將扇子收進懷中，欣喜地低聲道謝，再自博雅手中接來竹筒的水，滴於填平的泥土上。

這時，博雅的隨從及役夫都受老翁的動作吸引，興致勃勃地望著老翁的手，欲知他到底打算做什麼。

老翁將竹筒還給博雅。

「接下來……」老翁浮出笑容，閉上雙眼，口中喃喃唸起咒語。

唸畢後，睜開眼睛，再取出扇子，在埋有瓜子的泥土上搧起來。

「若有生命，出來吧；若有心靈，成長吧……」老翁說道。

結果——

「看啊，泥土動了！」

眾目睽睽之下的泥土表面，似乎動了一動。

「看啊，出來了。」

老翁語畢，泥土中果然伸出綠油油的瓜子嫩芽。

正當眾人「啊」地叫了一聲時，老翁繼續說：

「看啊，成長了，成長了……」

嫩芽迅速成長，在地面上伸展綠莖，葉片也逐漸茂盛。

「看啊，繼續長，繼續長。瞧啊，開始結果了。」

眨眼間，莖上已長出小小果實，而且逐漸膨脹。

「再長大一點，長甜一點……」

如老翁所說，瓜果益發膨脹，終於長成熟透的果實，開始散發甘甜芳香。

「可以吃了。」

老翁摘下一個瓜果，津津有味地吃起來。

「你們不吃嗎？要吃多少都行喔。」

博雅的隨從聽老翁這麼一說，紛紛伸手摘下瓜果，吃了起來。

「這是水的回禮，您不吃嗎？」老翁向博雅搭話。

「不，我已經喝了不少水了。」博雅禮貌地回道。

眞是瓜果嗎？博雅狐疑地望著大啖瓜果的隨從與老翁。怎麼可能有這種事？他內心其實無法置信。

不可能發生的事，卻發生了。這應該是幻術吧？

就如晴明時常施展的幻術一般，大家吃的其實是紙或其他東西剪成的瓜果吧？

然而，隨從卻個個嘴邊沾滿瓜果甜汁，狼吞虎嚥地大嚼。怎麼看都不像是幻術的力量。

「怎樣？你們要不要吃？」老翁又勸邀圍在一旁看熱鬧的人與來往行人一起來吃，不一忽兒，瓜果便吃光了。

然而——

役夫之一突然大聲叫嚷：「壞了！馬背上的瓜果都沒了！」

博雅循著聲音望去，發現本來馱在馬背籠內的瓜果，果然全部消失了。

「喂！那老頭子不見了！」另一名役夫大叫。

包括博雅在內，在場的人都睜大眼搜尋老翁，只是，老翁已不見蹤影。

二

牛車在陽光下前進。

博雅的腰部感受到車輪輾地前進的聲音，腦子卻在思考方才發生的事。

眞是奇妙的老翁。那一定是某種幻術。回去後，馬上到晴明家告訴他這件事……博雅暗忖。

這時，牛車停下來了。

「怎麼回事？」博雅朝車外問道。

「方才那位瓜果老翁說，想與博雅大人說一件事……」耳邊傳來隨從的聲音。

掀開垂簾一看，那老翁果然笑咪咪地立在眼前。右手扶著枴杖，左手則捧著一個瓜果。

「您是源博雅大人嗎？」老翁問。

「是。」博雅不自禁點頭。

「您今晚打算到安倍晴明宅邸去吧?」老翁又問。

爲什麼老翁知道這事?

剛剛自己的確在牛車內想到這事,但那也只是在內心盤算而已。難道自己在不知不覺中自言自語出來,給老翁聽到了?老翁不等博雅回話,接著說:

「如果去了,麻煩您轉告晴明,說堀川老爺今晚會去見他。」

「今晚?」

「我會帶兩個竹筒牢籠去,拜託他關照一下。」

「牢籠?」

「您這樣講,他就知道。」

博雅完全聽不懂老翁說的意思。

「這是給晴明的見面禮。」老翁語畢,將手中的瓜果拋給博雅。

博雅雙手接住瓜果。瓜果相當重,沈甸甸的。那種感觸和重量絕非幻術形成的。

博雅注視著手中的瓜果,抬起臉時,老翁已不知去向。只見乾燥地面上,閃爍著白晃晃的七月陽光。

三

「總之，晴明啊，事情大致就是這樣……」博雅說道。

這是位於土御門小路的安倍晴明宅邸。

庭院的草木經歷了梅雨期的雨水滋潤，茂密繁盛。乍看之下，這庭院似乎完全無人修整。

屋簷旁有一株橘樹。

彼處松樹上纏繞著紫藤；這一帶則以桂花樹爲中心，不但有開藍色小花的鴨跖草⑥，還有開花前的敗漿草，以及花早已凋落、葉子茂盛的銀錢草⑦與蝴蝶花⑧——這些花草，東一叢、西一叢，群集在一起。

黑暗夜色中，野生花草放出發酵般的味道於夜氣中。夜晚，白天的熱氣緩和下來後，這些花草香益發濃郁得令人喘不過氣。

博雅和晴明相對坐在面對庭院的走廊。

兩人之間擱著盆子，盆上有博雅在三輪⑨買回來的酒瓶，還有兩只盛滿酒的酒杯。盆子旁邊，則是那奇妙老翁於白天給博雅的瓜果。

走廊上另擱著燭盤，盤上點著一支燭火。

夏蟲受到火焰吸引，飛舞在亮光旁。燭盤附近有幾隻文風不動、停駐在

---

⑥日文為「露草」（ツユクサ，tsuyukusa），學名*Commelina communis*，一年生草本，鴨跖草科，高約三十公分，夏天為花期。花瓣藍色，瓣三枚。平地至中海拔水溝邊、沼澤、潮濕路旁較為常見。

⑦日文為「一人靜」（ヒトリシズカ，hitorishizuka），學名*Chloranthus japonicus*，多年生草本，高約十~二十公分，葉橢圓，春天莖頂開白花，通常生長於山野樹蔭。

⑧日文為シャガ（shaga），別名コチョウカ（kochouka），學名*Iris japonica*，又名白花射干、日本鳶尾。

⑨今日本國奈良縣櫻井市的地名，位於三輪山西麓，為古時交通要地。

走廊上的蛾。

「呼……」

晴明伸出白皙細長手指，舉起酒杯，捧到嘴邊，輕聲呼出一口氣。接著又宛如欲吸進剛吹在滿溢酒杯上的風，將酒含在口中。

安倍晴明——是位陰陽師。

「晴明啊，你說到底怎樣啊？你認識那老翁嗎？」博雅問。

「他自稱是堀川老爺吧？」晴明低道，將酒杯放回盤子。

「認識嗎？」

「認識……」

「那老人是誰？」

「博雅，別催嘛。我得先回憶起種種往事，無法馬上整理出來。」

「這樣啊。」博雅伸手舉起自己的酒杯，捧到嘴邊。

「那老人……」晴明問博雅，「他施展了殖瓜術吧？」

「殖瓜術？」

「就是種下瓜子，讓瓜果生長的法術。」

「原來那法術有名字呀？」

「那是大唐道士慣用的法術。」

「不過，那法術眞的太精彩了。」博雅說。
「呵呵。」晴明那泛紅的嘴唇微微笑了一下。
「笑什麼？晴明，難道你也會那法術？」
「說會，倒是會。」
「眞的？怎麼做？」博雅的表情充滿強烈好奇，定睛望著晴明。
晴明苦笑著站起，走到院子前，折下一小段從院子伸長到廊簷下的柑橘樹枝，再回到原位。
「你想讓這樹枝長出橘子？」
「不是。」晴明坐下來，左右搖頭，將樹枝遞到博雅眼前。「你看。」
「看樹枝？」
「看葉子上。」
「葉子上？」
「葉子上有青蟲。」
博雅仔細一瞧，果然發現葉子上有一姆指粗細的青蟲，正啃著柑橘葉。
「這青蟲怎麼了？」
「等一下會結繭成蛹。」
「蛹？」

「看吧，快要吐絲了。」

不知何時，青蟲已爬到葉子下的樹枝，吐出絲來，謹愼地將自己的軀體纏上樹枝，文風不動。

「隨即會成蛹。」

不一忽兒，青蟲便慢慢變化，最後成爲蛹。

「等一下顏色也會變。」

晴明還未說畢，青蟲已開始褪色，逐漸變成褐色的蛹。

「看，背部會裂開。」

晴明剛說完，蛹的背部便發出細微聲響，裂開了，從裂縫裡露出黑色的東西。那東西緩緩抬頭。

「接下來會成爲蝴蝶。」

頭先鑽出裂縫，再鑽出尾部，然後伸出扭曲摺合的翅膀。

蝴蝶倒懸在空殼下。翅膀的皺紋拉直了，展開一對花瓣般嬌嫩、水靈靈的黑色大翅膀。

「要飛了。」

晴明說畢，只見蝴蝶抖了一下身子，翅膀顫了一下，便輕飄飄地飛到半空。

現在是夜晚，黑色鳳蝶卻在半空飛舞，在屋簷下玩了一會兒，最後飛往黑夜。

博雅失神地張著口，凝視蝴蝶消失的夜空。回神後，轉頭興奮地向晴明說：

「太厲害了！晴明，你眞是太厲害了！」

「這樣你還滿意吧？」

「晴明啊，我剛剛看到的，到底是夢還是現實？」

「是夢，也是現實。」

「你怎麼做的？」

「就是你看到的那樣。我所做的，你不是全部看到、也聽到了嗎？」

晴明愉快地逗著博雅，舉起酒杯送到口中。

博雅激動地問晴明：「就算看到了，不懂的事還是不懂呀。」

「因爲不懂，才會感動嘛。」

「與其受感動，我比較想知道你到底怎麼做的？」

「那些事，都是在你內心發生的啦。」

「內心？」

「嗯。」

「你是說，實際上什麼都沒發生？」

「博雅，不管我怎麼說明，決定某件事到底有沒有發生的關鍵，其實都在於你的內心。」

「唔，嗯。」

「既然你內心覺得發生了，那不就行了？」

「不行。」

「不行嗎？」

「不行……」博雅又說，「喔，我知道了。」

「知道什麼？」

「那一定是你做的。」

「我？」

「對。實際上，青蟲並未變成蝴蝶飛走，可是你卻讓我這樣想。」

「呵呵。」晴明只是笑著。

「反正，你一定下了什麼咒吧。」

「嗯。」

「重點是，我遇見的那位老翁……」

「嗯。」

「那老翁說過，今晚會來這裡。」

「今晚嗎？那大概是說，明天早上之前會來吧。既然如此，離早上還有時間，應該沒問題。」

「什麼沒問題？晴明啊，那老翁要來做什麼？難道他打算做什麼見不得人的事？」

「大概沒問題。今晚就出門的話，應該來得及。」

「來得及？來得及什麼？」

「那老翁說要帶竹筒牢籠去吧？來得及裝進去。」

「等一下，晴明，你到底說什麼，我完全聽不懂。」

「別急，途中我再慢慢說給你聽。」

「說什麼？」

「有關那老翁的來龍去脈呀。」

「那老翁有什麼來龍去脈？」

「很多啦，一言難盡。我本來就有些在意最近京城發生的怪異騷動，剛好有某方面的人拜託我出面解決。」

「哦？」

「怪異騷動的原因，我大致也猜到了，不過，聽了堀川老翁的口信，才確定是如此。博雅，你要去嗎？」晴明說。

「去哪裡？」

「五條堀川。」

「堀川？」

「堀川有三善清行大人的舊宅邸，現在還在那兒。」

「舊宅邸又怎麼了？」

「你沒聽說那舊宅邸將要拆掉嗎？」

「你是說，堀川旁那棟鬼屋？」

「嗯。」

「這我就知道了。那鬼屋落到皇上手中，皇上好像打算讓一位貴族千金遷入。」

「那千金的父親過世了，所以，前些日子開始，皇上就忙著抄寫經文。爲了博得女人芳心，那男人還眞勤快。」

「那男人？晴明，你指的不是皇上吧？」

「正是他呀。」

「喂，晴明，我以前也說過了，你最好別在他人面前說皇上是『那男人』！」

晴明彷彿沒聽到博雅這句話，舒展了一下身上的白色狩衣，站了起來。

「走吧，博雅。」

「去五條堀川？」

「沒錯。」

「太突然了……」

「不去嗎？」

「去，去！」博雅也站了起來。

「走。」

「走。」

事情就這樣決定了。

四

「那宅邸原本就是妖物的居所。」晴明在牛車內說明。

牛車內，博雅與晴明相對而坐。

拉曳牛車的是一頭黑牛。黑牛其實不希奇，希奇的是沒人在黑牛前面帶

路，黑牛還能分毫不差地往目的地前進，絕對不會走錯路。

邸。

不過，這種程度的怪事，博雅早已見怪不怪。

當時身爲宰相的三善清行，於延喜十年（西元九一〇年）買下那棟宅

博雅聽晴明如此說，回道：「那不是我們出生之前的事嗎？」說畢，又加了一句：「晴明，我沒說錯吧？你那時也還沒出生吧？」

呵呵……

晴明只是向博雅笑著，不肯定也不否定，接著說：

「總之，那棟宅邸在當時便已經很陳舊了……」

庭院有看似棲息著神靈的高大老松，還有楓樹、櫻樹及常綠樹，景石上覆著一層厚實青苔。

宅邸本身也舊得猜不出其建築年代。紙門更是破破爛爛，某些地板甚至還凹陷了。只是，宅邸內毫不吝惜地使用大量良木，做爲骨架的柱子與橫梁，粗得就算讓成人雙手環抱，都還綽綽有餘。留下這些骨架，再整修一下內部，便足以讓人居住。

美中不足的是，會出現妖物。

每逢有人買下宅邸，最後都會遭妖物威脅而不得不再度出售，因此，也

無法得知最初的屋主到底是誰。

「結果，清行大人買了那棟宅邸。」晴明說。

「妖物呢？」

「當然出現了。雖然出現了，但清行大人非常沉著，竟然單獨將妖物趕出去了。」

「怎麼趕的？」

「他向妖物講道理，說：『妖物啊，你們不是正當屋主，卻據守在這裡，這是錯誤的，奉勸你們及時出去吧』。」

「結果呢？妖物出去了？」

「乖乖出去了。」

於是，清行便一直住在那宅邸。他過世後，由兒子淨藏大德接收宅邸。

這故事也記載於《今昔物語》中。

兒子大德也過世了，現任屋主是清行的孫子。然而，那孫子並沒住進宅邸，長久以來一直棄置不顧。

「皇上從清行孫子手中買了那塊土地。」晴明說，「沒想到買了以後，迄今悄然無聲的妖物竟再度騷動起來。不僅如此，最近驚動京城的怪事，大多與那宅邸有關。」

「那名用箭射了發光物體、發高燒臥病在床的武士，也跟宅邸有關？」
「嗯。」
「難道說，那個獨自在院子草叢中哭泣的五歲孩子，也是……」
「正是那宅邸的院子。」
「唔……」
「據說，宅邸內還有眾多怪異現象，所以皇上才派人來叫我想辦法。就是昨天你出門護送經文的時候。」
「那，跟堀川老爺有什麼關係？」
「問題就在這兒……」晴明還未說完，牛車停下了。「抱歉，博雅，等一下再說明，好像已抵達五條堀川了。」

五

五條堀川——那宅邸正位於五條大路與堀川小路交叉的十字路口角落。
穿過蒼鬱荒廢的庭院，晴明和博雅步入宅邸。
晴明似乎對屋內很熟悉，在滿是灰塵的宅邸內逕自前行。
晴明手上拿著捲起的滾邊草蓆，博雅則舉著燃燒的火把。

如果沒有博雅手中的火把，宅邸內便暗得伸手不見五指。

不久，兩人來到看似寢殿的地方。那是地板房間，有六根柱子。晴明在其中一根柱子下鋪了草蓆，兩人坐在其上。火把的火則移到帶來的燭盤上，擱在地板。

一切安頓好後，晴明從懷中取出小酒瓶、兩只杯子，擱在地板上。

「你連這個也帶來了？」博雅說。

「要繼續講剛剛的話題嘛。沒這個，怕博雅會寂寞。」

「晴明，別把責任賴在我身上。」

「怎麼，你不喝？」

「我沒說不喝呀。」

「那，來吧！」晴明把酒瓶遞到博雅眼前。

「唔，嗯。」博雅遲疑地舉起酒杯。

「喝吧。」

「喝吧。」

兩人悠閒地在燭光下開始喝酒。

一杯復一杯，喝完兩杯，再喝第三杯……

夜，愈來愈深。然後——

「嗯？」
博雅豎起耳朵。彷彿聽到某種聲音。
是人聲？有人在打鬥。不，不是有人在打鬥。是一群人在對抗。
好似戰場上的聲音。
「殺呀！」
「衝呀！」
「砍呀！」
刀鋒相交的聲音、盔甲碰觸的聲音。
「你看，他們來嘍。」晴明開心地一口飲盡杯中酒，瞄了一眼黑漆漆的角落。
博雅順著晴明的視線望過去，發現黑暗中陸陸續續出現一群高約一尺、全副披掛的武士，開始互相砍殺。
「看招！」
刀光一閃，對手的頭顱落到地板，血花四濺。
然而，落在地板的頭顱依然大喊「殺呀」、「砍呀」；失去頭顱的身軀，手中仍然握著長刀，與砍下自己頭顱的敵方交鋒。
不久，眾人停止廝殺，團團圍住晴明與博雅。

「咦？」

「噫！」

「這兒有人。」

「有人耶。」

「的確有人。」

「怎麼對付他們？」

「怎麼對付？」

「砍下他們的頭顱吧。」

「割斷他們的喉嚨吧。」

無論是有頭顱或失去頭顱的武士，皆刀光劍影地逼近。

「晴明！」博雅握住腰上的刀柄，支起單膝，正想站起身。

「別急，博雅。」

晴明從懷中取出紙片，繼而取出一把小刀，開始剪裁紙片。

「做什麼？」

「他在做什麼？」

眾武士發出詫異聲時，晴明對裁成狗形的紙片吹了一口氣。紙片落到地板，同時化爲一隻狗，向武士狂吠起來。

「哇！」
「是狗！」
「狗啊！」
武士受到狗的追趕，七零八落地消失於黑暗中。
四周再度恢復靜寂。
晴明拾起回到膝前的狗時，那狗已變回紙片。
「又來了。」
晴明還未語畢，耳邊已傳來木頭碾軋的咯吱聲。
兩人對面的牆上，有扇儲藏室的門。那門咯吱發響，敞開三尺，從中出現一位身穿赤褐色外衣的女子，跪坐著膝行出來。長髮垂肩，在燈火映照中，美麗得猶如仙女。
一股芬馥得難以形容的麝香味傳過來。
女子用扇子遮住鼻子以下的臉，只能看到她的眼睛，但那眼神妖艷得令人心猿意馬。一雙鳳眼不時向晴明與博雅送來秋波，逐漸膝行過來。
晴明愉快地望著那女子。
待女子已相當靠近時，問她：「妳也要喝嗎？」
接著，抓起空酒瓶的瓶頸，隨手拋向女子。

女子不自禁鬆開手中的扇子，雙手接過飛來的酒瓶。

扇子落在地板，現出本來隱藏在扇後、女子眼睛以下的五官。

「唔！」博雅叫出聲。

原來女子的鼻子像狗一樣又大又尖，往前突出，口中也露出獠牙。

女子張開大口，想咬住晴明。

晴明及時將剪裁成狗形的紙片放在右手掌，遞到女子眼前。紙片在手掌上化爲一隻狗，向女子狂吠。

「哎呀！」

女子尖叫，隨即四肢趴地，隱遁回原來的儲藏室內。

「出來吧！再不出來，這回要讓眞正的狗去咬嘍。」晴明朝恢復寂靜的黑暗呼喚。

不一忽兒，兩隻手掌大小的小狐狸，從黑暗中戰戰兢兢走出。

「晴明，這是什麼？」

「是管。」

「管？」

「管狐啦。」

所謂管狐，是具有妖力的小狐狸，爲修道者或方士所操縱。由於能收在

竹筒中隨身攜帶，是以名曰管狐。不但能附在人身上使人患病，偶爾也會致人於死。

「晴明，抱歉，叨擾你嘍……」隨著聲音響起，那位瓜果老翁在黑暗中出現。

身上隨意披著麻布單衣，腰上只綁著一條腰帶，下垂的雙手各拿著一個竹筒。

「你們根本不是這位大人的對手。快，想平安回家，就快回到竹筒中吧！」

老翁邊說邊將竹筒對著那兩隻管狐。管狐跳到老翁腳踝，往上奔到膝蓋，再順著手腕，消失在竹筒中。

「晴明呀，多虧你幫忙，才能這麼快解決。要是我來，這兩隻小東西會立刻逃之夭夭，很難應付。」老翁將竹筒收進懷中，坐在晴明與博雅面前。

「大師，久違了。」

「上次見面時，你在賀茂忠行身邊吧？」

「是。」

「二十年不見了。」

「您託博雅帶來的口信中提到竹筒，所以我才猜測對手大概是兩隻管狐。多虧您的指示，這回進行得很順利。」

「喂，晴明，這位是……」博雅在一旁問。

「是以前住在這兒的大師。」晴明回道。

「很久很久以前，我和這兩隻管擅自住進這兒。每逢有人想來住，爲了省去麻煩，都叫這兩隻管趕走來人。有一天，三善清行大人來了，無論怎麼威脅，他都不走，反而諄諄教誨了我一頓。說實在的，那位大人很了不起。」老翁緬懷往事地說。

「這位是業師賀茂忠行大師的友人——丹蟲方士大師。迄今爲止，我曾拜見過大師幾次……」晴明向博雅說明，「自這宅邸遷出後，大師便一直住在大和國。」

晴明轉頭面對老翁——丹蟲——問：

「話說回來，爲什麼管狐會……」

「事情是這樣的……這兩隻小傢伙，在藥師寺聽到博雅大人隨從的閒聊，說這棟宅邸將要拆掉。於是便附在博雅大人的牛車上，一路跟到京城，住進這棟往昔住過的宅邸，惡習復犯，做起壞事。我也是從博雅大人隨從的聊天中，才得知我的管在京城搗亂。於是，我也附在博雅大人的牛車上，一路跟來京城……」

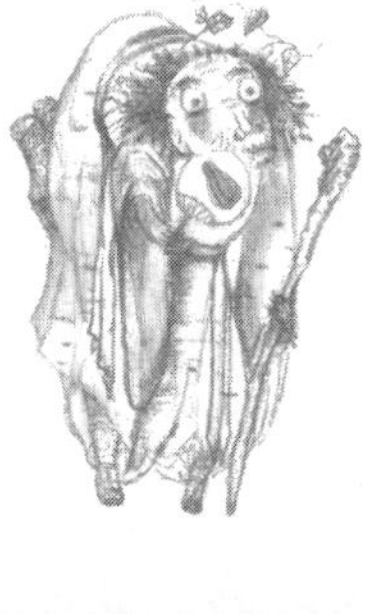

「原來如此……」晴明點點頭，「那麼，我們就在這將要拆掉、令人懷念的宅邸內喝個通宵吧。」

語畢，晴明從懷中又取出另一瓶酒。

「喔！好主意！」丹蟲喜眉笑眼地低道。

晴明舉起雙手，砰、砰地拍了兩下。

「是——」

應聲而出的，是身穿十二單衣、不知自何處冒出來的年輕女子。

「讓蜜蟲為大師斟酒吧。」

晴明說畢，名為蜜蟲的女子便跪坐在三人一旁，舉起酒瓶，向丹蟲勸酒。

「請。」

「唔。」

丹蟲點頭，接受斟酒，酒宴便如此開席了。

「來吧！出來，出來……」

丹蟲拍掌，喚出那些身穿盔甲的武士。武士都手舞足蹈地跳起舞來。

三人喝到將近清晨。東方開始發白時，丹蟲站起身告辭。

「我該回去了。」

這時，室內已逐漸充滿拂曉陽光，蜜蟲與全副披掛的武士也不見了。

「改日再見。」晴明說。

「好，改日有緣再來喝一杯吧。」

丹蟲背過身，跨出腳步。途中回頭說：「我已經給你謝禮嘍。」

「是那瓜果吧？」

「唔。」

丹蟲再度背過身，抬起手揮了揮，消失在宅邸外。

晴明與博雅回到晴明宅邸後，剖開瓜果，裡頭出現兩只精美的玉製酒杯。

三腳鐵環

一

日復一日病相思

日復一日病相思

女人一步步走著。

身著白衣。

形單影隻。

形單影隻、身著白衣的女人，一步步走著。

打著赤腳。

走在半夜三更的森林中。

森林中，有樹枝攀纏在一起的蓮香樹①、七葉樹②、杉、檜等古木。古木下是蒼鬱雜草，岩上則被覆著羊齒與青苔。

女人柔軟白皙的腳板，踩在青苔、雜草、岩石、樹根、泥土上，往前走著。女人的腳板、纖細手腕、頸子與臉，比身上裝束還要白皙，懸浮在黑暗中。

自上頭茂密枝葉間灑落的月光，有如青色鬼火，在女人的長髮、肩膀與

---

*三腳鐵環，原文為鐵輪（かなわ，kanawa），這篇故事內容大致依照日本能樂謠曲〈鐵輪之女〉（鐵輪の女）進行。謠曲內容描述遭丈夫拋棄的妻子，因於心不甘而詛咒丈夫不得好死，最後丈夫請求晴明鎮邪。文中的歌詞，正是能樂謠曲〈鐵輪之女〉。

①原文為「桂」（かつら，katsura），別名「香木」，學名 *Cercidiphyllum japonicum*。夏天至秋天採集其樹葉，乾燥後磨粉，可以製香粉。秋天時，葉子會枯黃。

②原文為「櫪」（とち，tochi），是「櫪ノ木」（tochinoki）簡稱，學名 *Aesculus turbinata*。

背部搖曳。

若說蜘蛛之細絲
真能夠繫住悍駒
蜘蛛亦潔身自愛
不委身二心之男
果然人心隔肚皮
一失足成千古恨
只恨自己瞎了眼
有苦難言無處訴
八千里路貴船宮
但求在有生之年
誅負心人食後果
快呀快呀快走呀
心如貴船川流水

女人披頭散髮，蓬亂長髮垂掛在臉頰、鼻子及頸項。

她看似爲了某事而冥思苦想，雙眼凝視著遠方。

赤裸腳板的指甲已裂開，滲出點點鮮血。

女人似乎不怕走夜路，也不覺得腳板痛楚。

更大的不安，讓女人不怕走夜路；更大的痛苦，讓女人不覺得腳板的痛楚。

每夜走熟了的路
每夜走熟了的路
糾河原御菩薩池
輕車熟路鞍馬道

女人的目的地是貴船神社。

貴船神社年代古老，位於京城北方的鞍馬山西方。主要祭祀高龗神、闇龗神。二者皆爲水神。據說向二水神祈雨，上天就會下雨；也可以祈求讓上天止雨。

又據說伊奘諾尊③以十拳劍斬下迦具土神的頭顱時，自劍首滴下的鮮血從指間漏出，誕生了二神。

---

③男神伊奘諾尊（いざなぎのみこと，izanaginomikoto，伊邪那岐命）與女神伊奘冉尊（いざなみのみこと，izanaminomikoto，伊邪那美命）是夫妻，也是日本神話中的國土創造神。

根據社傳記載，祭祀主神除了此二神外，還有罔象女神、國常立神、玉依姬，或天神七代地神五代、地主神等等。

高龗神、闇龗神的「龗」，正是龍神。

而高龗神的「高」，是山峰；闇龗神的「闇」，則是山谷。該神社的社記上敘述：

「爲保國家安定、守護萬民，太古『丑年丑月丑日丑時』，二神下凡至貴船山半山腰鏡岩。」

女人走在昏暗的山谷小徑。

再過不久，便是丑時。

飄零身世心已死
風燭草露若吾身
市原野地草叢深
鞍馬川月黑風高
穿越橋面是彼岸
終於抵達貴船宮
終於抵達貴船宮

女人紅脣上含著一根鐵釘。

左手握著木偶，木偶上以墨汁寫著某人名字；右手則握著鐵鎚。

來到神社入口，女人停下來。

入口站著個男人。從男人的裝束看來，似乎是貴船宮的神官。

「對不起……」男人對女人說。

女人將含在嘴裡的鐵釘，吐到握著木偶的手中。

「什麼事……」女人細聲回問，並將握著木偶與鐵鎚的雙手藏進袖中。

「我今晚夢到很奇妙的夢。」

「夢？」

「夢中出現兩條大龍神。龍神說，今晚丑時將近時，會有個白衣女子上山來，要我轉告女子說……」

「說什麼？」

「說『以今晚爲限，神將應允汝的願望』。」

「唷……」女人微微揚起嘴角。

「身穿紅衣，臉塗丹粉，髮戴鐵環，三腳點火，怒氣攻心，如此，即能成爲鬼神。」

男人還未語畢，女人的嘴角便逐漸揚高，露出白齒，滿足地笑出：「太

高興了！」

語聲未畢容先變
語聲未畢容先變
本是有女顏如玉
搖身一變夜叉婦
綠髮倒豎半空中
天上湧現黑雲朵
暴風疾雨雷聲響
鴛侶竟破鏡分釵
新愁舊恨化厲鬼
讓他知曉離恨天
讓他知曉離恨天

女人雙眸閃閃發光，蓬鬆黑髮倒豎而立，看似已化爲女鬼。

二

「事情就是這樣，晴明。」源博雅向安倍晴明說。

兩人正坐在土御門小路的晴明宅邸窄廊。

博雅盤坐在窄廊地板，晴明則豎起單膝，背倚柱子，與博雅相對而坐。

兩人之間有一酒瓶，另有兩只玉杯。

午後——

離傍晚還有一段時間。

庭院中，陽光斜照在繁茂叢生的一片夏草上。粉花繡線菊④的紅色小花在風中搖曳，一旁的敗漿草已迫不及待地即將開出黃花。

無數小羽蟲與虻，在夏草上的陽光中飛舞。

那光景彷彿是從深山原封不動搬一塊原野過來，擱在庭院中似的。看似完全未經過人工修整，但東一叢、西一叢茂密繁盛的野草，又像是經過晴明精心設計。

「你是說，這是昨晚發生的事？」晴明伸出左手拿起窄廊上的酒杯。

「唔。」博雅點頭，欲言又止地望著晴明。

「結果，發生了什麼令你傷腦筋的事嗎？」

④原文為「下野草」（しもつけそう，shimotsukesou），多年草，高約六十公分～一公尺，六、七月開淡紅色小花。

「正是呀，晴明。」

「說說看吧。」

「那位在貴船宮工作的神官名叫清介。他向女人說完那些話後，心中有點發毛，回去後馬上鑽入被窩。」

可是，他愈想入睡，雙眼反倒愈神采奕奕，根本睡不著。內心老是掛念著那女人。

那女人到底是什麼來路？那之後她又會如何？說起來，那女人究竟爲了什麼，而於三更半夜來到這種地方呢？

丑時——換算成現代時間，是凌晨兩點。

想到女人每晚都於這種時間自京城來訪的執著，清介就感覺有如背上潑了一桶冷水。

「我懂了……」晴明脣上浮出感興趣的微笑，「那個叫清介的男人，他說謊了吧。」

「晴明，你怎麼知道？正是如此呀。」

「然後呢？」

「總之，清介早就知道那女人每晚於丑時到來的事。因女人太執拗，清介便與同事商量，捏造二神出現在夢中的謊言。」

那女人對某人恨之入骨，想詛咒對方死去。爲此，她才每晚到貴船神社，祈求讓她化爲鬼神。

清介明白她的目的。

然而，女人每晚都來，不但令人心裡發毛，而且萬一她眞化爲鬼神，貴船神讓她如願的風聲一傳開，致使夜夜丑時來參拜神社的人大增，那麼，貴船神社很可能以具邪力的神社而聞名。

貴船神社不希望事態演變至此。

「所以叫她戴鐵環？」

「沒錯。」

鐵環是一種鐵製的底座，用以架在柴火上，支撐鍋釜，也就是火架，有三根支柱。將這火架倒放，戴在頭上，讓支柱朝上，那麼三根支柱便可視爲三支角。

在支柱上點上燭火，把臉塗紅，再穿上紅衣，的確很接近女鬼形象，但那也僅限於當事者眞正化爲女鬼時。有血有肉的活人若如此打扮，只顯得滑稽可笑而已。

「結果，大家才想出讓那女人鬧笑話的主意？」

「正是呀，晴明。」

「可是，告訴女人後，大家反而感到益發恐怖……」

「你說得沒錯。」博雅點點頭。

清介鑽入被窩後，腦裡一直浮現那女人歡天喜地的笑容。

眞是駭人又可怕的笑容呀。

說不定那女人眞的會化爲鬼神。

再仔細想想，又覺得事情有點奇妙。

爲什麼自己爲了撒那個謊，在三更半夜刻意等那女人來？或許，大家自以爲是一起想出來的鐵環妙計，其實是貴船祭祀主神高龗神與闇龗神二神，暗中顯靈指引大家那樣做的。

要不然，爲什麼會想到「在頭上戴三腳鐵環」這種主意呢？

一旦記掛起來，清介再也睡不著覺了。

等天邊開始發白，清介便來到神社後面的杉樹林裡。

樹林深處有棵老杉樹，大約在胸部高的樹幹上，有一根五寸長的鐵釘，釘著昨晚那女人手中所握的木偶。鐵釘貫穿木偶頭部，深深釘入古杉樹幹內。

木偶胸部附近，用墨汁寫上了人名。

清介知道這名字。應該是住在二條大路以東、神泉苑附近的一位公卿。

萬一，那女人眞的化爲女鬼……

也許眞會發生這種事。不，那樣的女人就算眞的化爲女鬼，大概也不足爲奇。

雖不知道兩人之間發生了什麼，但若是那女人私自怨恨藤原爲良，又擅自詛咒對方，讓對方眞的死了，那麼，神社這方便毫無責任。可是，若因自己所言而導致女人成爲女鬼……不，即使沒成爲眞正的女鬼，但那女人若自認已成女鬼，而去殺害對方的話……

「所以啊，晴明，清介便親自拜訪二條大路的藤原爲良宅邸了。去了之後，大吃一驚。原來藤原爲良昨夜就開始頭痛，臥病不起……」

清介想起五寸鐵釘深深釘下的地方，正是木偶頭部，更加恐懼萬分。

清介見了藤原爲良，說出昨晚發生的一切。

「這位名爲藤原爲良的公卿，聽了清介的敘述，也嚇得心寒膽碎。」

原來藤原爲良知道那女人是誰。

藤原爲良過去有個女人。那女人名爲德子，藤原曾與她幽會了三年，一

年前，因另結新歡，便不再去女人那兒了。

爲良暗忖，大概是德子在詛咒自己。他也嘗試尋找德子的行蹤，卻不知她目前住在何處。

「結果，藤原爲良就來找我幫忙了。」博雅說。

「不是找博雅，是找我吧？」晴明回應。

「正是如此。他問我：『能不能仰賴晴明大人的力量，幫我解決這個問題？』」

「我不大想插手。」

「爲什麼？」

「因爲這是男女之間的問題。他要移情別戀，或遭女人殺死，第三者都沒有理由介入這種事吧？」

「忘了是何時，我曾向爲良大人借過一支自大唐傳來的笛子，也實際吹過……」

「是嗎？」

「那時，我在爲良大人宅邸吹過那支笛子後，由於笛聲太優美，便向他借了七天七夜，每天晚上，單獨一人跑到堀川附近，悠閒地邊散步邊吹笛子。」

「唔。」
「某天夜晚，我遇見一位偷偷來聽笛聲的美貌婦人。」
「婦人？」
「嗯。那晚，堀川旁停著一輛女用牛車。等我吹完笛子，牛車隨從便請我過去。」

博雅過去後，牛車內響起婦人聲音。

……因受夜夜傳來的笛聲吸引，便來到此地，想看看是哪位大人吹的。我無法告知自己小名，也不會詢問您的大名。只想告訴您，我永遠不會忘卻今晚的笛聲……

說完上述的話，女用牛車便駛遠了。

「你沒看到對方的臉？」
「沒有，對方在牛車內，我們是隔著垂簾對話。」
「眞的沒看到？」
「嗯。」
「博雅，你剛剛不是說對方是美貌的婦人？」
「哦，那是……我私自認爲一定是美貌婦人。」
「不早講。」

「總之，承蒙爲良大人的笛子，我才會有這種經驗。」

「可是……」

「以前，皇上不也是陷入類似的苦境嗎？那時，你也幫皇上解圍了。」

「那男人是特例。萬一他死了，一些繁文縟節會忙死我的。」

「喂，晴明！我以前就說過了，不能稱呼皇上爲『那男人』。」

「別氣，博雅，再說，那時皇上的對手，是已經過世的女人呀。」

「你是說，這回不是死人……」

「沒錯。而且這回若要保全爲良大人的性命，女方的性命很可能不保。」

「爲什麼？」

「因爲女方想成爲女鬼。她大概認爲，既然現世無法達成心願，不如死後在陰間成就願望。如此一來，事情會變得很棘手。對我來說，爲良大人的性命與德子小姐的性命，都一樣是性命。」

「一旦移情別戀，人心便很難回頭。雖然悲哀，但能否讓德子小姐理解這道理……」

「大概不行吧。」

「不行嗎？」

「當事者應該也深知這道理吧。數天、數十天、數月，每天每夜，她一定都想盡辦法說服自己。可是，還是無法心服。正因爲無法心服，才想成爲女鬼。」

「唔。」

「而且呀，博雅，如果這只是當事者之間的誤會，只要消除誤會就可以解決問題。可是，事實不然。」

「結果會怎樣？」

「救不了。因爲鬼已棲宿在當事者的內心了。就算驅除了鬼，最後恐怕還必須驅除當事者本身，才能解決問題。所以，我辦不到。」

「辦不到嗎？」

「如果這是得失問題，我們可以向她說明利害關係。若執迷不悟，也可以讓她了卻心願，可是，她的心願是爲良大人的死……」

「原來如此……」

「你不要一副悲哀的表情好不好？」

「嗯。」

「總之，走吧。最起碼，今晚可以抵擋一下。」

「你願意去？」

「嗯。」

「不過，今晚……」

「先派人到爲良大人宅邸，請他們準備大量茅草。」

「茅草？」

茅草，也就是稻草。

「對付木偶就要用偶人。用稻草做個爲良大人的偶人，再讓德子小姐以爲稻草人是眞人。不過，博雅，要是這樣便能解決一切就好了……」

「唔，嗯。」

「走吧。」

「嗯。」

「走。」

「走。」

事情就這樣決定了。

三

博雅屏氣斂息地躲在黑暗中。

徐徐將黑暗吸進肺內，再徐徐吐出。

重複著同樣動作似乎會導致呼吸困難，因而，偶爾會深深吸進一口大氣。

這是藤原爲良宅邸內，爲良的房間。

房間裡邊的牆上，倚坐著一具與人等身大的稻草人。稻草人腹部貼著白紙，紙上用墨汁寫著「藤原爲良」。

而爲良本人則在稻草人的另一邊——也就是爲良偶人倚著的牆面另一側、隔壁房間裡。

爲良穿著晴明寫上咒語的白衣，正低聲唸著咒語。

「謹上再拜開天闢地之神，伊奘諾伊奘冉之尊，於天上磐石，男女二神交合，結爲夫婦，傳示夫婦之道於世。爲何不阻擾魍魎鬼神，非讓予死於非命？奉請大小神祇，諸佛菩薩，明王部天部，九曜七星，二十八宿……」

聲音低沉且細微，從隔壁房間傳過來。

稻草人前有三層高架子，上面豎立著染成青、黃、紅、白、黑五種顏色的驅邪幡⑤。

房內燭盤上只點著一支蠟燭，擱在地板。角落豎立著圍屏，博雅與晴明躲在圍屏後靜待。

「晴明，她眞的會來嗎？」博雅低聲問。

⑤一種供神用具，在細木上紮有細長的紙或布。

「到了丑時，便知道來不來。」
「還有多久？」
「不到半個時辰吧。」
「可是，那個稻草人眞的能騙過那女人嗎？」
「稻草人裡頭有爲良大人的頭髮、指甲，還有沾了爲良大人鮮血的布。」
「這樣就沒問題了？」
「爲良大人在隔壁房間，而且，宅邸內的僕役都迴避了。德子小姐應該不會迷路，而會直接到這兒吧。」
「我們會怎樣呢？」
「德子小姐看不到我們。我在圍屛四周設了結界。」
「原來如此。」
「不過，德子小姐來了後，在我示意之前，你絕對不能出聲。」
「明白了。」博雅點頭，再度呼吸起黑暗。
不久，約半個時辰過後，聲音響起。
咯吱。
那是有某物走在走廊，使木板下沉、木板相互接觸時所發出的咯吱聲。
應該不是貓。也不是狗或老鼠。除非是人的體重，否則木板不會發出那種聲響。

咯吱。

咯吱。

聲音逐漸挨近。

走廊出現搖晃的燈影。人影緩緩步入房間。

是女人。

那女人的黑長髮倒豎在頭上，面塗丹粉，身著紅衣。頭戴三腳鐵環，鐵環支柱朝上，各綁著燃燒的蠟燭。

燭光映照出女人的五官，那是張令人駭然的臉。

步入房間後，女人頓住腳步，嘴角浮出喜悅笑容。唇間露出白齒。嘴角左右上揚，使得嘴唇表面撲哧、撲哧地裂開，滲出點點鮮血。

「啊呀，太高興了!原來您在這裡!」女人看到稻草人，往前挨近。

博雅吞下一口唾液。

女人左手握著五寸鐵釘，右手則拿著鐵鎚。

「唉，好久沒見到您了，實在是既愛又恨呀……」

女人的頭髮更加高高豎起，有如表達女人內心的激動情懷。豎起的頭髮碰到綁在鐵環上的蠟燭，發出小小青色火焰，縮成一團燒焦了。

房間充滿了頭髮燒焦的味道。

冷不防，女人抱住了稻草人。

「難道您的雙脣，不肯再度吸吮我的脣了？」

女人將自己的嘴脣貼到稻草人臉部看似嘴巴之處，用力吸吮後，再用皓齒緊緊咬住稻草人的嘴脣。

女人鬆開稻草人，掀起裙襬，張開白皙雙腳。

「難道您不肯再疼愛我這裡了嗎？」

她再蹲下來，雙手伏地，像狗一般爬到稻草人面前，用牙齒咬住稻草人兩腿之間的稻草。

再度站起身後，女人開始起舞般地扭動身子。

失戀人沉賀茂川
蟬蛻為水底青鬼
吾似急流中螢火
魂消氣泄留餘燼
頭戴三腳鐵環火
焰焰燃燒赤女鬼

輕偎低傍枕邊人
情郎情郎久違矣

每當女人忿恨地咬牙切齒，她的頭髮便會左右擺動，繼而燃燒起來。

回想同衾共枕時
指天誓日不相負
八千山茶千歲松
海枯石爛情永駐
為何喜新亦厭舊
此情此恨何時已

「戀慕您的，正是我呀。沒人命令我這樣做。就算您移情別戀，我的情愛仍不減當年……」女人流著淚說，「恨的是，竟不知您有二心，而與您結下姻緣。明知一切都是自己的錯……」

君何以始亂終棄

君何以始亂終棄

「我還是思念您呀！愈思念愈痛苦，愈思念愈痛苦……」

終日以淚洗面

滴滴千仇萬恨

「也難怪我積怨如此，成爲執迷不悟的女鬼……」

把你的命給我吧

「把你的命給我吧！」

一把抓新歡毛髮

揮舞長鞭笞續絃

浮生若夢亦若幻

不用遙遙待來世

今生讓妳嘗因果
悔不當初奪人愛
奪人所好必自斃

「明白了吧！」

一喊完便像蜘蛛般跳到稻草人身上，將鐵釘擱在稻草人額頭，右手握著鐵鎚，用力敲打下去。

「噗」的一聲，鐵釘深深釘入稻草人額頭。

「明白了吧！」

「明白了吧！」

女人邊喊邊瘋狂地再三搥打鐵釘。長髮搖晃，與鐵環上的燭火一接觸，便哧、哧地發出青白火光。

「唔，唔。」博雅情不自禁低聲叫出來。

女人停下動作，問：「是誰在這兒？」聲音失去了凶氣，恢復爲普通女人的聲音。

她環視四周，最後，視線停佇在稻草人身上。

「喔……」女人叫出聲，「這不是爲良大人，這是稻草人！」語畢，左

右微微搖晃著頭。

博雅和晴明從圍屏後走出來。

「喔，你們是……」女人看了一眼博雅與晴明，再望向三層高架子與五色驅邪幡，「你們是陰陽師？」

「沒錯。」晴明點頭。

「博雅大人！」女人望向晴明身後的博雅，大叫出來。

「您看到了？」接著又問，「您看到我剛剛的樣子了？看到我那可恥的樣子了……」

女人彷彿如醉方醒，看著自己的打扮：紅衣裙擺不整，露出大腿根；面塗丹粉，頭戴鐵環……

「啊呀，太丟人了，這麼可恥的我……」

女人丟下鐵鎚，再從頭上卸下鐵環拋出去。鐵環發出沉重聲音掉落在地板。兩支蠟燭熄滅了，剩下一支還在燃燒。

「哦，哦，這眞是……這眞是……」女人雙手掩面，左右甩頭。

長髮纏在女人脖子上，隨即又鬆開，鬆開後又纏上。

頭髮中好像出現了某物。

兩個類似肉瘤的東西。

是角。

鹿角新生時，外面還包裹著一層相當柔軟的皮囊。

女人頭部正長出兩支角。

角穿破頭皮，逐漸增大。成長速度非常快，快得好像會發出嘎吱聲。頭上流出鮮血，從髮間流至額頭。

「哦，不甘心呀……」女人挪開蒙在臉上的雙手。

她的臉——雙眼裂開了，裂開的眼角流下鮮血，眼球往前凸出，鼻子塌陷，獠牙穿破嘴唇伸了出來，嘴唇裂痕溢出鮮血，流至下巴。

「博雅，是『生成』！」晴明說。

生成——因嫉妒而化爲鬼的女人稱爲般若⑥；在完全化爲鬼之前，也就是還未成熟的階段，便是「生成」⑦。是人，卻也不是人；是鬼，卻也不是鬼。

女人正化爲那種「生成」。

「不甘心呀，不甘心呀！」

化爲「生成」的女人，嘩地轉身往外奔跑。

「晴明！」博雅大叫一聲，想追趕女人，但女人已失去蹤影。

「那女人，知道我的名字……」博雅突然想起方才女人叫喚自己的事。

---

⑥般若（はんにゃ，hannya），一種能面。

⑦生成（なまなり，namanari），一種能面。

「喔，難怪我覺得好像聽過她的聲音。那正是我在堀川旁遇見的女用牛車內的婦人聲音呀。原來德子小姐就是那婦人……」

博雅茫然自失，呆立在原地。然後，以求救的眼光望著晴明說：

「啊，晴明，我做了什麼？我要求你做了什麼？我竟羞辱了那婦人，令她成爲眞正的女鬼了……」

四

牛車有節奏地前進。

每當車輪輾在石子上，撞擊聲便會傳進牛車內。

離東方上空發白還有一段時間。

拉曳牛車的是一頭大黑牛。黑牛前方的半空，有白色東西翩翩飛舞。像蝴蝶，但說是蝴蝶又有點奇怪——牠只有半邊翅膀。

那東西左邊有兩片翅膀，右邊卻沒有翅膀。不知爲何，竟然還能在半空中翩翩飛舞。

看似鳳蝶。可是，鳳蝶會在夜晚飛舞嗎？

在夜晚飛舞的應該是蛾，然而，現在飛在黑牛前的，卻是應該在陽光下飛舞的鳳蝶。

黑牛跟在鳳蝶之後前進。

看樣子，鳳蝶是晴明使喚的式神。

牛車內的博雅一直默默不語。他幾乎不開口說話。偶爾，晴明向他搭話，也只是短促回應一聲而已。

現在連晴明也不開口了，任憑博雅繼續沉默。

「晴明啊，眞的變成如你所說的了……」博雅突然開口，語調不勝感喟。

「什麼事？」

「德子小姐的事呀。原來，若是想守護一方，便必須捨棄另一方。我到現在才痛切理解這個道理。」

博雅的聲音無精打采。

「比如說，晴明，這兒有隻狐狸，對兔子虎視眈眈……」

「唔。」

「假如有人覺得兔子很可憐，救了兔子，那麼，狐狸便會失去獵物而餓死……」

「唔。」晴明只是短促點頭回應。

看來，之前他任憑博雅一直沉默，而現在卻打算讓他說個痛快。

「我現在覺得，或許應該放手不管，不去救那兔子。要是我讓別人看到自己那種見不得人的模樣……」

「要是你的話，你會怎樣？」

「也許會不想活下去。」

「……」

「貴船明神那個啓示，或許眞的是神明的啓示也說不定。」

「也許吧。」

「結果，雖說是『生成』，德子小姐畢竟化爲女鬼了。」

「那是她的心願。」

「不，就算她自願成爲女鬼，但她內心深處眞正的願望，也一定不想成爲女鬼的。」

「博雅啊，不只德子小姐，無論任何人，都會有盼望成爲惡鬼的時候。無論任何人，內心都棲宿著那樣的惡鬼。」

「我內心也有嗎？」

「嗯。」

「你內心也有嗎？」

「有。」

聽晴明這麼一說，博雅沉默下來。不久，開口說：「人，眞是悲哀呀。」

又嘆了一口氣，「不過，晴明，爲什麼貴船的神明會行使邪惡力量，讓人成爲惡鬼呢？」

「不，博雅，不是這樣。是人自願化爲惡鬼的。盼望化爲惡鬼的，是人。高龗神與闇龗神只是幫那人出了一點力而已。」

「可是……」

「你聽好，博雅，何謂神明？」

「神明？」

「所謂神明，歸根究柢，就是力量。」

「力量？」

「人們將那力量取名爲高龗神、闇龗神。換句話說，施予這兩個名稱的咒，那力量就是神明了。」

「……」

「貴船神社是水神吧？」

「嗯。」

「那，水是善，或是惡？」

「給稻田帶來雨水時，水是善。」
「唔。」
「可是，如果雨一直下個不停，造成水災，水就是惡吧？」
「唔，唔。」
「但是，水本來就只是水而已，只因爲人類這方不但有善也有惡的看法，才會指控這水是善，或那水是惡。」
「唔，唔，唔。」
「正因如此，貴船神明才會同時職司祈雨與止雨這兩種力量。」
「唔。」
「鬼也是同樣道理。」
「你是說，鬼也是人所產出的？」
「沒錯。」
「晴明，你說的道理，我都理解……」
「博雅啊，我想，大概正因爲有鬼的存在，才有人的存在。」
「……」
「正因爲鬼棲宿在人心，人才會吟詠詩歌、彈琵琶、吹笛。如果鬼不存於人心，這人世大概會變得很乏味。再說……」

「再說什麼？」

「再說，如果鬼不存在，我這個安倍晴明也會不存在。」

「你？」

「沒工作可做嘛。」

「可是，人和鬼，不正是唇齒相依的關係嗎？」

「正是。」

「那，晴明，只要人存在，你便不會沒有工作可做吧？」

「嗯，大概是吧。」晴明低聲回應，微微掀起眼前的垂簾，望了一眼牛車外。

「看牠飛的樣子，應該快到了。」

「飛的樣子？」

「蝴蝶啦。我讓那蝴蝶的另一半，停在德子小姐的肩頭。前面那半隻蝴蝶，正在追趕牠的另一半。」晴明放下垂簾，望著博雅。

「很抱歉，晴明……」

「抱歉什麼？」

「你安慰了我很多事。」

「幹嘛突然講這種話？」

「晴明啊，你眞是好漢子。」博雅說出晴明經常用來形容他的話。

「你有病呀。」晴明苦笑著。

不久，牛車停下來了。

五

西京——雜樹林中有一間茅舍。

那是角落四方豎立著柱子，再釘上木板當作牆壁，屋頂只用茅草覆蓋的破屋。

夜露落在屋頂茅草與茅舍四周的雜草上，星星點點，閃爍著青色月光。

一隻只有半邊翅膀的白鳳蝶，在破屋入口附近翩翩飛舞。

晴明步下牛車，說：「應該在這兒。」

「她竟然住在這種破屋……」說到此，博雅便接不下話。

博雅右手舉著燃燒的火把。

「請問……」晴明叫喚著，「有人在家嗎？」

沒有回應。

拂曉時分——正是人們睡得最熟的時段。

連月亮都已西傾，大概不到半個時辰，東方上空便會逐漸發白。

突然，黑暗中傳來鮮血的味道。

「晴明。」

「嗯。」

晴明點頭，表示他也聞到了。隨即從博雅手中接過火把，說：「進去吧。」

晴明走在前頭，緩慢地鑽進茅舍入口。

入口處有泥巴地，然後是簡陋的木板房；泥巴地有水缸與爐灶，地上還躺著一只鍋子。

女人仰躺在木板房上，已洗掉臉上丹粉，身上也換穿了白衣，但容貌仍是「生成」的模樣。

喉嚨插著一把短刃，鮮血自喉嚨汩汩流至地板。女人似乎用短刃刺進自己的喉嚨。

「德子小姐……」

博雅奔上地板房，想扶起女人。這時，女人突然睜大眼睛，抬起上半身，打算用牙齒咬住博雅喉嚨。

「博雅！」

晴明伸出手中的火把，擋在博雅與女人之間。

女人咬住燃燒的火把。火星四濺，劈劈啪啪發出聲響。

晴明想縮回火把，但女人卻緊緊咬住不肯放鬆。女人的頭髮逐次燒焦，蜷縮成一團。

不久，女人鬆開火把，精力耗竭地仰躺下來。

「德子小姐……」博雅抱起女人。

「本來想咬住你再吃掉你……」

女人口中滿溢鮮血，喉嚨發出呼呼聲，喃喃低道。

「吃吧。」博雅湊頭在女人耳邊輕聲細語，「咬住我的喉嚨，吃吧。吃我的肉吧。」

博雅繼續說：「對不起，對不起，叫晴明阻撓妳的計畫的，是我。是博雅我硬逼晴明插手管這件事。是我干擾了妳的計畫。因此，妳盡情吃我的肉吧，盡情咬我的心臟吧。」

化爲「生成」的女人，搖了搖頭：「這是我自願得到的結果。」

女人的嘴脣發出青白火焰，搖搖晃晃地與話語一起燃燒。

「我本來想活著化爲女鬼，沒想到無法如願，反而讓你們看到我那可恥的模樣。既然如此，我也無顏苟活，只好用短刃刺進自己喉嚨……」

「生成」女鬼奄奄一息地繼續說：「就算變成這個模樣，還是無法消除。我的怨恨還是無法消除。事情到了這種地步，我只好抵死化爲眞正的鬼，死後再向爲良作祟……」

女人一邊哭泣一邊敘述。

「其實我也不想吃那男人的肉，可是，不這樣做，在我內心波濤洶湧的感情，無法平穩下來呀。」

「到我這兒來。死後仍然無法消除怨恨的話，到我這兒來，來吃我吧。」

「博雅大人，您……」

「妳知道我的名字？」

「博雅大人，您剛剛不是親口說出自己的名字了嗎？不過，我以前就聽過博雅大人的大名了，還有，笛子……」

「那天晚上，堀川旁的女用牛車是……」

「您認出來了？」

「聽到妳的聲音後，我才想起來。」

「那時，我和爲良大人之間，感情仍很好。爲良大人曾借給您一支笛子……」

「是的，我借了笛子……」

「為良大人說過，如果想聽美妙笛聲，夜晚到堀川旁便可以聽到了……」

「……」

「為良大人那時早就知道了，博雅大人每晚都會在堀川旁吹笛……」

「嗯，嗯。」博雅連連點頭。

「那時，我真的很幸福。我很想回到那個時候，再度傾聽博雅大人的笛聲……」女人眼角流下淚水。

「當然可以！」博雅語畢，湊頭在女人耳邊輕聲說：「當然可以。無論何時，我博雅都願意吹給妳聽。」

「博雅大人，不要把頭太靠近我，不然，您的喉嚨……」

女人緊緊咬住牙根。「呼」，女人又恢復原本的五官。

「德子小姐，這世上有這般無奈的事呀。再怎麼哭泣、再怎麼痛苦、再怎麼思念、再怎麼戀慕，也無法抓回對方的心……」

「……」

「德子小姐，我無法幫妳任何忙。無法為妳做任何事。啊，這眞是……這眞是……我眞是無能又愚蠢的男人，我……」博雅流下眼淚。

「不，不。」德子搖頭，「我知道。我知道您說的一切。可是就算知道一切，人還是有不得不變成鬼的時候呀。當這個人世再也找不到療癒憎恨與悲哀的方法，人，除了化爲鬼，沒有其他方法可以解脫。」

「德子小姐……」

「博雅大人，我有個請求。在我死後變成鬼，想去吃爲良的肉時，我會到博雅大人那兒去，到時候，您能不能爲我吹笛呢？」

「當然可以！無論何時都行，無論何時！」

博雅說畢，女人便垂下了頭。

女人的身體在博雅手臂中，突然沉重起來。

六

誠如博雅的承諾，那以後，「生成」女鬼每年都會出現幾次，於夜晚來到博雅身邊。這時，博雅便吹笛給女人聽。

此外，每逢博雅於夜晚單獨吹笛時，「生成」女鬼也會出現。

每次出現，女鬼總是默默無言。

不是靜悄悄出現在房間角落，便是出現在屋外陰影處。每次總是傾耳靜聽笛聲，待博雅吹完，又會於不知不覺中消失蹤影。

聲容宛在耳邊縈
言猶在耳不見人
香消玉碎成鬼神
香消玉碎別人間

爬行鬼

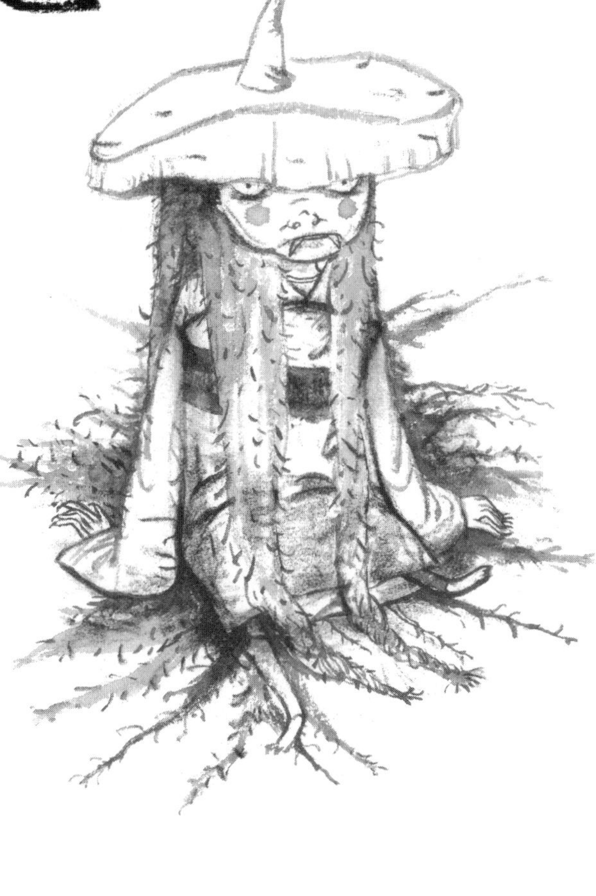

一

秋天，神無月——

源博雅坐在涼風習習的走廊上喝酒。

身穿白色狩衣的安倍晴明坐在對面，與博雅一樣，偶爾舉起酒杯送到脣邊。

晴明那淡紅的脣，看似總含著微笑。若能常在舌尖含著散發甘甜芳香的蜂蜜，或許便可以浮出那樣的微笑。

夜晚。兩人身邊的走廊上有一燈燭盤，盤中點著燭火。大概爲了避風，燈燭盤上罩著竹製骨架、上貼和紙的紙筒，圍住燭火。

下酒菜是烤蘑菇與魚乾。

自穹蒼而降的青白月光照射在庭院中。

黑暗中，傳來芒草、敗醬草、桔梗在風中微擺的聲音。

庭院中已聞不到夏季撲鼻的草香，雖仍殘留些許濕氣，但融在風中的是更多的乾枯香味。

草叢中，數隻秋蟲鳴唱。

滿月之夜——

「晴明啊……」博雅擱下酒杯，向晴明搭話。

「什麼事？」晴明頓住送酒杯到脣邊的動作。

「眞的是在不知不覺中推移而去了……」

「什麼呀？」

「我是說季節啦。記得前陣子還每天抱怨天氣熱，每當這種夜晚，好像都在忙著趕蚊子，現在卻連一隻蚊子也沒有了。連吵得要死的蟬聲，也聽不到了……」

「唔。」

「現在只能聽到秋蟲的鳴聲了，而這鳴聲跟前陣子相比，也愈來愈少了……」

「說得也是。」

「晴明啊，人心大概也是如此吧。」

「怎麼說？」

「我的意思是，人心也像季節一樣會逐漸變化。」

「怎麼了？博雅。」晴明微微一笑，問博雅，「你今天好像有點感傷。」

「在這換季時節，任何人都會陷入類似情懷吧。」

「大概是吧，因爲連你都會這樣了。」

「喂！晴明，你不要挖苦我。今天我是眞的感慨萬千哪。」

「是嗎？」

「你聽過那件事了嗎？」

「什麼事？」

「高野的壽海僧都出家的理由。」

「沒聽過……」

「我昨晚值夜時，藤原景正大人告訴我這件事。內情相當感人。」

「什麼內情？」

「聽說壽海僧都原是石見國①國司②。」

「唔。」

「他本來住在京城，奉命任職石見國國司後，便遷居到石見國。當時，壽海大人也帶著母親與妻子一起赴任，在那邊共同生活……」

「唔……」

「在壽海大人眼裡，母親和妻子之間似乎相處得很融洽……」

「是嗎？」

「結果，某天夜晚……」博雅壓低聲音，「母親和妻子兩人在房間內親暱地下棋。壽海大人偶然經過，看到了兩人的樣子……」

---

①今日本國島根縣西半部。

②古代地方官名。

「什麼樣子?」

「那時,房內一隅豎著紙格障子,紙格障子內有燈火,母親與妻子下棋的影子,剛好映照在紙格障子上……」

「喔……」

「壽海大人看到兩人的影子,大吃一驚……」

「怎麼了?」

「據說,兩人映照在紙格障子上的身影,都倒豎著頭髮,形成兩條蛇,互相咬噬。」

「喔。」

「實在好恐怖啊。表面看來,兩人好像和睦地對奕,其實卻對彼此恨之入骨,她們的內心感情讓映照在紙格障子上的頭髮影子化爲蛇,互相暗鬥。」

眞是情何以堪呀——

「於是,壽海大人便將財產全數分給母親與妻子,自己則跑到高野,身無一文地出家了。」

「原來是這麼一回事。」

「晴明啊,我總覺得,人即便處於最盛期,也似乎都在不知不覺中開始進行人生旅程下一步驟的準備了。既然如此，那像壽海大人一樣，在最盛期時摒棄一切，頭也不回地出家的例子，應該也不足爲奇吧？」

「唔。」

「話說回來，原來竟有這等事。只不過是映照在紙格障子上的頭髮，竟會讓人看成是蛇。」

「博雅，人的頭髮的確具有極大的法力，但壽海大人的例子，不見得責任全在母親與妻子兩人身上。」

「是嗎？」

「人，總是不自覺地在內心對自己眼見的事物下咒呀。」

「什麼意思？晴明。」

「換句話說，壽海大人老早就想出家了，他只是以母親與妻子的事當作藉口吧？因此，他才在不知不覺中，將自己內心的感情投射在紙格障子上，而看到那種光景。」

「那，紙格障子上的影子，到底是哪一方的內心感情？」

「我也不知道。人心難測嘛，就算去問壽海大人，他恐怕也說不出來吧。」

「是嗎？」

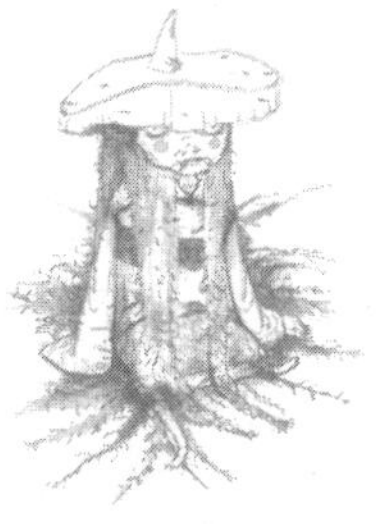

博雅好似恍然大悟、又像是難以理解地點點頭，舉起酒杯送到脣邊。

「對了，博雅，今晚你能陪我一下嗎？」

「陪你？現在不正在陪你嗎？」

「不是這個意思。我是說，今晚我必須到某個地方，你能不能陪我一起去？」

「去哪裡？」

「去有女人的地方。」

「女人？」

「四條堀川附近有一棟宅邸，裡面住著名為貴子的婦人。」

「你要去那裡？」

「嗯。」

「喂，我說晴明啊，男人到女人住處幽會，哪有帶男人去當觀眾的道理？你要去的話，一個人去吧。」

「等等，博雅，不是那回事。」

「那又是怎麼回事？」

「我今晚到女人住處，是為了工作。」

「工作？」

「博雅，反正離出門還有段時間，你聽我說吧。等你聽完我說的，再決定去不去也不遲。」

「聽聽是可以……」

「怎麼了？」

「一聽你說要去女人住處，還暗想：原來你也有同普通人一樣的地方，原來安倍晴明也會到女人住處通情呀。」

「結果不是，所以你失望了？」

「不，也不是失望。」

「那……是慶幸嘍？」

「你不要問我這種問題。」博雅看似發怒地緊閉雙脣，移開視線。

晴明抿嘴微微一笑，說：「先聽我說，博雅。」語畢，再度舉杯送到脣邊。

二

有位姓紀、名遠助的男子。

他是美濃國③人，在四條堀川附近某宅邸當門房。

③今日本國岐阜縣南部。

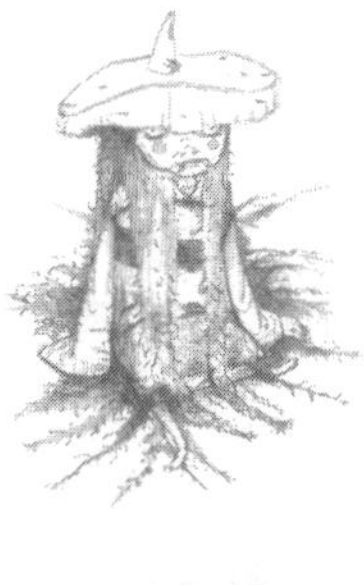

當初受聘上京時，他同妻子細女一起來。

遠助平常都在四條堀川宅邸任職，但只要一有機會，便會回到西京自宅，與細女一起過活。

宅邸主人是某達官貴人的情人，名喚貴子。

某天，女主人貴子吩咐遠助出門辦事，於是遠助來到大津。

雖有三天時間可以讓他辦事，但女主人吩咐的事其實花不了那麼多時間。

第二天早上，遠助便辦完了事。

本來可以在大津多住一晚，第三天再回到宅邸即可。不過，只要趕在當天進京，遠助便可以先回自己家，在細女身旁休息一天。一想到此，遠助就決定動身踏上歸途。

來到離京城不遠的鴨川橋附近時，太陽已下山了。

渡過黃昏時分的鴨川橋，遠助聽到有人在叫喚自己。

「大人……」

是女人的聲音。

回頭一看，只見橋頭佇立著一位頭上披著罩掛的女子。

奇怪，方才通過橋頭時，明明不見任何人，然而眼前卻出現一位女子，想必是自己急著趕路而忽略了女子吧。遠助如此暗忖。

此時太陽已西沉，四周昏暗不明。

「有事嗎？」遠助問女子。

「是。」女子點頭，回說：「我和您的主人貴子小姐，往昔有過淺交之緣。」

啥？

遠助又覺得很奇怪。

女子說是主人貴子的舊識，這倒沒什麼問題。只是，她爲什麼知道自己是貴子宅邸內的佣人？

遠助問了女子。

女子回說：「我曾經數次路過宅邸，所以知道大人的容貌。」

原來如此。

「兩天前，偶然看到大人渡過這座橋往東行，那時，看大人身上的裝束輕便，猜想大概兩三天便會回來，便在此地等待……」

原來是這麼一回事。

「爲什麼要等我回來？」

「是這樣的……」

由於女子頭上披著罩褂，遠助看不見她的全部五官。只能隱約看到白皙下巴與鮮紅雙脣。

鮮紅雙脣欣欣自得地微笑：

「老實說，我想託您帶一樣東西給貴子小姐……」

女子鬆開抓住罩褂的手，伸進懷裡，取出一個以美錦包裹、類似信盒的盒子。

「我在此等大人歸來的目的，正是想託大人將這個轉交給貴子小姐。」

「爲什麼不自己送去呢？」

這女子似乎在此地等了兩天，既然如此，這兩天的時間，應該足夠讓她來回貴子宅邸一趟了——遠助在內心如此暗忖。

「基於難言之隱，我無法親自到貴子小姐宅邸。請大人千萬幫我這個忙。」

女子將盒子硬塞到遠助手中。

遠助不由得收下了盒子。

「那就萬事拜託了。」女子深深行禮。

「妳叫什麼名字？」遠助問。

「請原諒我現在暫且無法稟告，等貴子小姐打開盒子，一切就會明白了。」女子回說。

接著又說出令人心驚的話：

「目前只能告訴大人一件事，那就是將盒子轉交給貴子小姐之前，無論如何都請大人千萬別打開盒子。萬一打開了，對大人是有害無益……」

遠助心想：不知收下盒子後會發生什麼事，便打算將盒子還給女子，正欲開口拒絕時，女子已比他先一步說：

「那麼，萬事拜託了……」

語畢，女子深深行禮，轉身離去。

遠助不得已只好繼續前進，跨出兩三步後，又在意起那女子的事。回頭想叫住女子，拒絕她的請求，女子卻已不見蹤影。

這時，傍晚已過，夜色更加濃重了。

算了。

遠助放棄尋找女子，抱著盒子往前走。

幸而將近滿月的月亮正從東方上空升起，藉著月光，遠助片刻不停地走著，終於在深夜前回到自己家。

妻子細女看到遠助回來，歡天喜地，再看到丈夫手中的盒子，問道：

「咦，那是什麼東西？」

遠助慌忙回說：「沒什麼，不是大不了的東西，妳別介意。」

說完，便將盒子擱在茶室內的架子上。

然而遠助的妻子在丈夫因長途跋涉而倦累不堪、呼呼大睡後，仍惦記著那盒子，輾轉不寐。

她本來就是嫉妒心強的女人，竟認為那盒子一定是丈夫在旅途中買來打算送給某女人的禮物。

用那麼漂亮的絲綢包裹著，到底是什麼盒子呢？

愈想愈覺得奇怪，愈想愈氣憤，愈想愈睡不著。

細女終於下定決心，翻身爬起，點著燈火來到茶室。

她將燈火擱在一旁的架子上，伸手取下盒子。

揭開包裹在外的絲綢，裡面出現一個嵌上精美螺鈿花紋的漆盒。

細女一時衝動，打開了盒子——

沙沙！

盒子中有東西蠕動，一個黑色的怪東西衝出盒外。

「哎呀！」

細女不禁大叫，聲音傳到遠助耳裡，他也起床了。

遠助來到茶室一看，發現妻子四肢發軟，跌坐在地上，全身直打哆嗦。

「怎麼回事？」

遠助問妻子，但妻子細女的嘴巴宛如鯉魚一張一合，什麼話都說不出來，只伸手指著地板一處。

遠助舉著燈火照亮妻子所指之處，驚見地上有一條好像某物爬行過，又像拖著什麼的鮮紅血跡。

遠助循著血跡走出茶室，來到走廊，發現那東西已從木板門縫隙中鑽出去了。

他沒有勇氣繼續追蹤下去。

回到茶室，細女總算可以開口說話，她向丈夫說：

「盒子……我打開那盒子，裡面跳出一個恐怖東西……」

「什麼東西跳出來？」

「不知道。我嚇了一大跳，根本沒看清楚。」細女奄奄一息地說。

遠助抬頭望向架子，蓋子掀開的盒子還擱在架上。遠助伸手取下盒子，探看盒內。

只瞧了一眼，便「哇！」地大叫一聲，用力拋出盒子。

待遠助舉著燈火再度仔細端詳，才看清裡面裝著兩顆連眼皮一起挖出的眼珠，以及一根連帶陰毛剜下的陰莖。

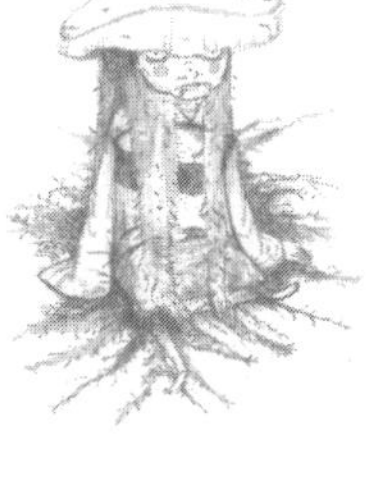

三

「嗯、嗯……」博雅聽完，忍不住在喉嚨深處悶叫出來。

「這是昨晚發生的事。」晴明說。

「昨晚？」

「嗯。今天早上，遠助便慌忙回到宅邸，向貴子小姐詳細說明來龍去脈，並將盒子交給主人。」

「然後呢？」

「然後，貴子小姐便派人叫我過去一趟，事情就是這樣。」

「那，你今晚要去見的女人是……」

「正是貴子小姐。」

「原來是這麼一回事。」博雅一副恍然大悟的樣子，點點頭，接著問：

「可是，既然如此，你爲何不在白天去？」

「貴子小姐是傍晚才派人來的，就在你抵達之前不久。」

「唔，嗯。」

「我向那傭人說有朋友要來，等兩人吃過晚飯，再同那男人一起去。」

「一起去？晴明啊，跟你一起去的男人是……」

「正是你呀，博雅。」
「我？」
「沒錯。」
「唔，嗯。」
「你不去嗎？」
「不，我沒說不去呀。」
「那不就沒問題了？到時候，也許有很多事要你幫忙。」
「幫忙？我派得上用場嗎？」
「也許派得上用場。」
「原來如此。」
「去不去？」
「唔，嗯。」
「走。」
「走。」
事情就這樣決定了。

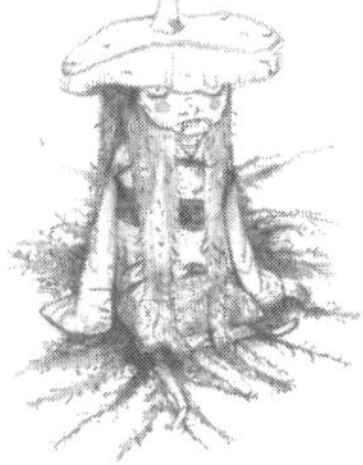

四

牛車正前往位於四條堀川的那棟宅邸。

四周沒有任何隨從，只有一頭大黑牛在月光下，緩慢地拉曳晴明與博雅所乘的牛車。

博雅在牛車內搖來晃去，開口說：「對了，晴明啊……」

「什麼事？」

「那個佇立在鴨川橋頭的女子，到底是誰？」

「不知道。」

「就算是人，大概也不是普通人……」

「嗯，大概吧。」

「是鬼嗎？」

「不用急著下結論。」晴明的口吻始終很平穩。

「話說回來，那個從盒子中跳出來的黑色東西，到底是什麼？聽到那段話時，令人不禁毛骨悚然。」

「遲早會知道吧。今晚，我們跟貴子小姐見了面，聽她解說後便眞相大白了……」

「嗯。」

博雅點點頭，掀起簾子往外觀看。

牛車輾著路面上的小石子與窪坑，發出細微聲響繼續前進。

蒼白月光映照出地面上深濃的牛車影子。

五

牛車抵達宅邸。

佣人立即帶領晴明與博雅來到貴子的寢室。宅邸內，氣氛倉惶失措。

來客也能察覺出女侍都屏氣斂息地躲在各間房內，在黑暗中睜大雙眼，緊張不安地呼吸。

庭院中燃燒著幾堆篝火，走廊四處也都點上燈火。

幾名看似警衛的武士，佇立在庭院篝火四周。

晴明和博雅並肩坐在佣人領入的房間內，貴子坐在兩人對面。

貴子年約二十四、五歲，膚色白皙，丹鳳眼。

貴子身旁坐著一位面無表情卻看似洞悉一切的老婦。不過，老婦的雙眼偶爾會浮出不安與恐懼的神色。

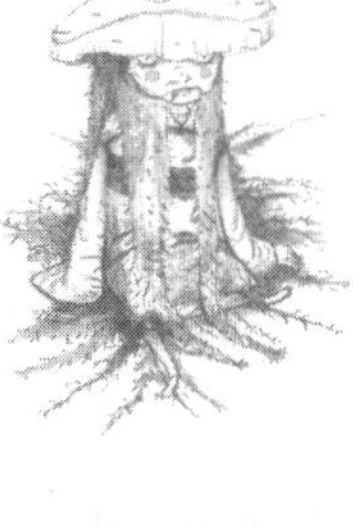

迎接了晴明與博雅後，貴子便吩咐眾人離開，僅留下老婦在身邊。由此看來，貴子極爲信賴這位老婦。

晴明鄭重地向貴子請安，再介紹了博雅。

「我想他可以幫上忙，所以帶他一起來。所有可以對我坦述的內情，都可以讓這位博雅知道。」

聽晴明如此說，貴子行了禮：「一切悉聽尊便。」再轉頭望向老婦：「她是……」

「我是浮舟，貴子小姐小時候是喝我的奶水長大的。」老婦行了禮。

原來如此，難怪老婦會留在貴子身邊。

「話說回來，宅邸內似乎相當騷然不安。」晴明環視著四周問。

「半個時辰前，有個女侍遇到很詭異的事……」貴子悄聲回應，臉上浮出驚懼的表情。

燈火火焰在貴子臉頰附近搖來晃去，但她的臉色看起來卻很蒼白。想必已血色盡失。

「發生了什麼事嗎？」

「是。她說，在走廊行走時，有個溼黏黏的東西絆住她的腳。」

「唔。」

女侍發出悲鳴跌倒在地。

其他人聽聞女侍的叫聲趕過來時，絆住女侍的東西已失去蹤影。然而，女侍赤裸的腳上，卻沾滿了鮮紅血跡。

「那我來得正是時候。看樣子，事情進行得比我想像中還快。」

晴明雖儘量壓抑心情，聲音聽起來卻好像很愉快。如果耳力敏銳，一定能聽出晴明聲音內充滿藏不住的歡欣。

不過，貴子當然察覺不出含蘊在晴明聲音內的感情。

「難道是在遠助家打開盒子時，從裡面逃出來的黑色東西已經來到這兒嗎……」

「當然有可能，但在判斷之前，請夫人先回答我幾個問題。」

「是。」

「夫人看過盒子內的東西嗎？」

「……」

「到底如何呢？」

「看過了。」貴子細聲回答。

「那盒子現在還在這兒嗎？」

「是。」

「能讓我看看嗎？」

「是。」貴子點頭，望向老婦。

老婦也點點頭，無言地站起身，消失在房外。

不久，老婦手中捧著一個以絲綢包裹的四方形東西，回到房內。

「是這個……」老婦說完，將那東西擱在晴明面前。

「借看一下。」

晴明揭開絲綢，取出盒子，打開盒蓋。

貴子低下頭，抬起右手，用袖子遮住自己的視線。

晴明面不改色地觀看了盒內一會兒，轉頭問：

「博雅，你要看嗎？」

「唔，嗯……」

博雅點頭，膝行過來，探看盒子內的東西。一看便立即移開視線，回到原來的席上，額頭上冒出一顆顆細汗。

「夫人知道盒子內的東西嗎？」晴明問。

「知道……」貴子以僵硬的聲音回答。

「是哪位大人的？」

貴子聽晴明這麼一問，垂下頭來，幾度張開嘴巴又閉上，欲語還休。

最後，貴子下定決心似地抬起頭來，望著晴明。

那是張凜然的臉。貴子以挑戰的眼神瞪視著晴明，一口氣說出：

「是藤原康範大人的東西。」

「眼珠呢？」

「看不出眼珠是哪位的，不過大概也是康範大人的……」貴子剛毅地說。

「是住在二條大路的藤原康範大人……」

「是。」

「聽說藤原康範大人已失蹤了三、四天，沒想到竟發生這種事……」

「……」

「藤原康範大人來這兒訪妻④嗎？」

「是。」

「藤原大人爲何會落得如此下場，夫人心裡有數嗎？」

晴明剛問畢，「啪嗒」一聲，有個東西掉落在貴子膝前。

鮮紅的，血滴。

「啊！」

貴子大吃一驚，不自禁仰頭一看，冷不防從半空又掉落一樣東西，覆在

---

④平安時代的男女交際習俗是「訪妻婚」，男方於夜晚探訪女方，住宿一夜後，翌日清晨離去。由於沒有法律約束，男方可以隨時中止「訪妻」行為。一旦男方不再來訪，女方可以再度尋覓適當人選。

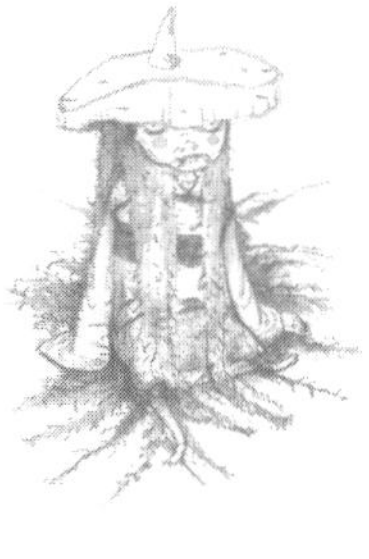

貴子臉上。

是大量的黑色長髮。

貴子來不及發出叫聲，便仰面朝天倒下，全身痛苦地掙扎扭動。她雙手又揪又抓，拚命想扯掉纏在臉上的黑髮，卻扯不掉。

「貴子小姐！」

老婦撲過來，抓住貴子臉上的黑髮想拉開，卻照樣拉不開。抓住黑髮再用力拉扯的話，貴子的頭也會跟著湊過來。用腳抵住貴子的胸口再用力拉扯，反而讓貴子更加痛苦地直打滾。

「不行，頭髮已黏在臉上。」晴明說，「用力拉扯的話，貴子小姐的臉皮也會剝落。」

「可、可是……」

「這不光是頭髮，是頭皮。是連頭皮一起剝下來的頭髮。黏貼在貴子臉上的是頭皮部分。」

「那、那、那該怎麼辦才好呢？晴明大人……」老婦驚惶失措地望著晴明。

貴子的眼睛、鼻孔、嘴巴都塞住了，無法呼吸。她痛苦地在地板上掙扎翻滾，自己雙手緊抓住頭髮拚命想剝開，當然，也剝不開。

「博雅！」晴明站起身，俯視著貴子大叫，「你按住貴子小姐讓她不能動彈，再用手拉扯頭髮看看！」

「好。」

博雅回聲後，按住掙扎翻滾的貴子，伸出右手抓住頭髮。

沙沙！

突然，頭髮蠕動起來，纏住博雅右手，接著往上攀纏至手腕、手臂、胳膊。

「怎、怎麼辦？」博雅求助地望著晴明。

「你讓貴子不要亂動。」

晴明邊說邊繞到貴子頭部前方，雙手捧起貴子的頭。

「晴明，貴子小姐無法呼吸。這樣下去她會死的！」博雅大叫。

「晴明！」博雅的聲音已幾近悲鳴。

晴明捧著貴子的頭，「唔嗯……」咬緊牙根，從唇間擠出悶聲。

不久，貴子突然全身癱軟，文風不動。

「晴明！」

「糟！」

「怎麼了？」

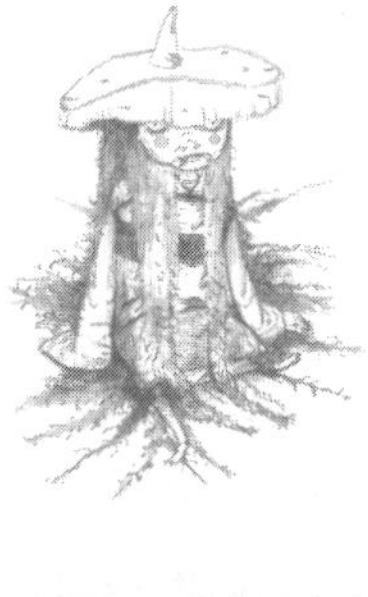

「不行，貴子小姐她……」

「到底怎麼了？」

「撒手塵寰了。」晴明宛如從喉嚨擠出苦汁地說。

「什麼！」

「抱歉，是我的失敗……」

「這……」

博雅剛語畢，「嗤」的一聲，覆黏在貴子臉上的頭髮鬆開了。

博雅茫然自失地站起來。

晴明將貴子的頭擱在自己膝上，雙手捧著兩側仔細端詳。

貴子的臉沾滿了鮮血，不過，那鮮血當然不是貴子的血。

立在一旁的博雅，右腕上垂掛著一頭黑長髮。

自博雅手腕垂落到地板附近的長髮⑤，正是一塊從頭顱剝下、連肉帶血的頭皮。

撲通一聲，頭髮落在地板。

纏在博雅右手腕上的髮絲，逐漸鬆散。最後，全部落在地板。

晴明伸出左手，抓住落在地板上的女人長髮，站起身來。右手則拿起地板上仍燃著的燭臺，跨出腳步。

---

⑤平安時代的女性，出生後直至三歲左右，必須剃髮，以後除非出家入法門，否則便一直任頭髮生長，直至過世。又黑又長的頭髮，是美人必備條件之一，因而當時女性的頭髮長度，通常比身高長。髮（かみ，kami）與神（かみ，kami）同音，當時的人認為頭髮具有靈力。

「晴明，你要去哪裡？」

「你也過來，博雅。」

「你想做什麼？晴明，不管你想做什麼都太遲了。貴子小姐已經斷氣了。」

晴明聽而不聞地走到院子前的窄廊，將握在右手的燭臺火焰挨近左手中的女人長髮。

頭髮著火後，晴明再將燃燒的頭髮拋到庭院中。

女人長髮在庭院泥地上熊熊燃燒起來。

那頭髮宛如具有生命，在泥地上站立起來，扭動著身子，令火焰飄飄搖搖。長髮一扭動，火焰便愈加熾烈地纏縛住髮絲。頭髮和皮肉燃燒的臭味，飄盪在夜氣中。

不久，長髮燒盡，火焰也消失了。

「博雅，回去吧。」

「回去？回哪兒？」

「貴子小姐身邊。」

「貴子小姐？」

「嗯。」晴明語畢，帶頭先跨出腳步。

回到方才的房間，只見貴子仰躺在錦緞鑲邊的榻榻米上，老婦人正趴在她胸前泣不成聲。

「奶娘，您沒必要哭了。」

說完，晴明在老婦身旁蹲下，讓其退開，再扶起貴子，用膝蓋輕壓了貴子背部一下。

結果——

「呼……」地一聲，貴子雙脣吐出一口氣，睜開緊閉的雙眼。

「我、我……」貴子惶惑不安地環視四周，看到扶著自己的男人臉孔，開口呼喚：「晴明大人……」

「貴子小姐！」

「晴明！」

老婦和博雅同時大叫。

「已經沒事了。全部解決了。到底發生了什麼事，改天我再慢慢說給妳聽，現在還是好好休息吧……」

晴明說完，望向老婦人：「快去端一碗開水來，再整理一下貴子小姐的被褥……」

「是、是！」

老婦如墮五里霧中，回應了一聲，站起身來。

六

「喂，到底是怎麼回事？晴明。」博雅在牛車內問。

「總之，就是船到橋頭自然直，博雅。」

晴明望著博雅，愉快微笑著。

「我完全搞不懂是怎麼回事。晴明，快跟我詳細說明剛剛發生了什麼事？」

「好吧，我說。」晴明邊笑邊抬起手，「那時，我向你說貴子小姐已過世了，其實是假的。」

「假的？」

「嗯。」

「晴明，難道是你騙我……」

「抱歉。可是，那不是在騙你，我想騙的是那頭髮。」

「頭髮？」

「那頭髮以爲貴子小姐已斷氣了，才鬆開貴子小姐的臉。」

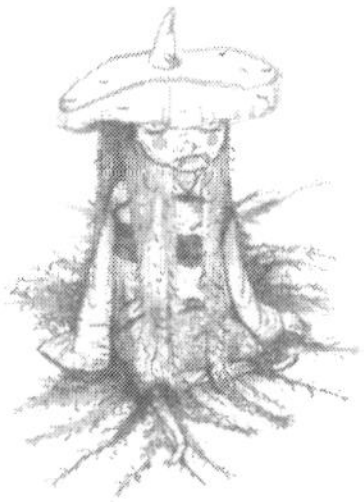

「……」

「我那時捧著貴子小姐的頭，其實是用雙手手指按住她脖子的脈搏。」

「脈搏？」

「嗯，只要按住脈搏一會兒，人就會昏迷不醒一陣子。」

「……」

「不過，心臟還是會跳動。因此，我必須讓頭髮纏住你的手腕，這樣的話，頭髮便只會注意到你的心跳聲，而忽略了貴子小姐的心跳。」

「可是，你明明說貴子小姐已死了……」

「不這樣講的話，頭髮不會放開貴子小姐呀。因爲你相信了我說的話，頭髮才會上當。這一切都是你的功勞，博雅。」

「話雖如此，我還是不高興。」

「那時眞的是刻不容緩。在那時若還去準備什麼咒文、符咒之類的，貴子小姐很可能在我唸咒時眞的斷氣了。要是用火去燒，火焰也可能延燒到貴子小姐的頭髮……」

「唔。」

「一切都是你的功勞，博雅。」

「唔，唔。」

「幸好有你在一旁幫忙。」

「這不會是……晴明啊，我們去貴子小姐宅邸之前，你不是說需要我幫忙嗎？難道你一開始就打算……」

「怎麼可能。那時，我還沒想到會發生那種事。而且，我事先不知道頭髮的事。」

「說得也是……」

博雅仍一副悶悶不樂的表情，耍脾氣似的噘起雙脣。

「對了，晴明，你現在打算去哪裡？」

「不知道。」

「不知道？」

「嗯。」

「爲什麼？」

「你問這東西吧。」晴明伸出右手給博雅看。

「什麼？」

「沒看到？就是這個嘛。」晴明再度將右手伸到博雅眼前。

晴明的食指與姆指合在一起，似乎捏著什麼東西。他高舉著手指。

博雅掀起簾子，讓月光照進牛車內。

晴明將右手伸到月光下。

捏在晴明右手的食指與姆指之間的東西是——

「這是……」博雅大叫出來。

那是一根細長頭髮。

頭髮先端正朝著牛車行進方向，浮在半空。猶如前方有磁力般的力量，牽引頭髮似的……

「點火之前，我偷拔了一根。這根頭髮應該可以帶我們抵達目的地……」

「哪裡？」

「這根頭髮的主人——就是在頭髮下咒、想奪取貴子小姐性命的**東西**那兒……」晴明說。

七

月亮大幅西沉時，牛車停止了。

車外傳來潺潺急流聲。

博雅和晴明下了牛車。此處是京城東方——鴨川某橋頭。

抬頭仰望夜空，滿月已漸落西山。視線移向橋上，只見橋頭佇立著一個渾身散發朦朧青光的人影。

晴明緩步向那人影走去。

那是個頭上披著罩掛，只能看見雙唇的女子——

晴明沉穩地向女子說：「貴子小姐已過世了。是妳的頭髮令她窒息而死。」

罩掛下，女子的鮮紅雙唇左右翹起，露出雪白牙齒。

「好高興呀……」女子那微笑著的雙唇說。

「能否說明爲何要這樣做？」晴明問。

女子緩緩說道：「直至四年前，藤原康範大人還擔任遠江國⑥地方長官時，我一直是他的愛人。可是，四年前，康範大人調回京城……」

女子垂著頭，淡然地繼續說：「康範大人與我山盟海誓，說好待他一到京城，必定會派人接我過去。然而一年過去，兩年過去，三年過去了，康範大人還是沒來接我。不知不覺，便過了四年。然後，我風聞康範大人已有了新愛人，時常到新愛人那兒訪妻……」

女子說著說著，不知是基於憤怒或悲哀，逐漸咬牙切齒起來，牙間發出喀嚓聲響。

「康範，你這個沒良心的東西！」

⑥今日本國靜岡縣西半部。

女子雙脣間伸出獠牙，一忽兒又恢復原狀。

「爲了確認康範大人的心意，第四年的今年春季，我單獨離開了鄉里。無奈，途中患病，微薄的旅費也用光了。十天前，我自客棧寄出一封信給康範大人。」

康範來了。

不知爲何，身邊沒帶隨從，單獨前來會見舊情人。

看到舊情人，康範握著舊情人的雙手，潸潸淚下：「可憐的人兒呀！」

聽到往昔愛人邀自己一起到京城，女子彷彿藥到病除，撐起身子蹣跚跟在男人身後。好不容易來到鴨川時，已是夜晚。

大概是迫不及待地想趕回京城吧——女子以爲男人是因歸心如箭而連夜趕路，沒想到，當女子先一步渡過鴨川時，康範竟突然拔刀砍向女子背部。

受了刀傷的女子，這時才察覺康範的眞心。

原來康範趁四周杳無人跡，想殺死已成累贅的自己，再將屍體丟進鴨川，逃之夭夭……

因此康範才單獨一人前來接自己。

而且一開始便計算好，大概在夜晚會抵達鴨川此處……

康範以爲第一刀便讓女子絕命了，背靠在橋上，氣喘吁吁地調整呼吸。

這時，甦醒過來的女子，冷不防從康範手中搶走長刀，刺進康範胸部，殺死了男人。

康範雖死，但女子也受了重傷，大概活不了多久。

「於是，我就想到化爲生靈⑦，去殺那個還活在世上的康範的新歡……」

女子的牙齒又發出喀嚓聲響。

「我割下康範的陰莖，再挖出他的雙眼，自己則……你們看吧，我把頭皮……」女子抛下頭上的罩褂。

「嗚！」

叫出聲的是博雅。

女子眉毛以上的頭皮，全剝個精光，露出血肉模糊的頭蓋骨。

「黑髮凝聚了我孤注一擲的心念，終於代我殺死了那女人！」

女子雙眼朝天上吊，嘴裡冒出獠牙。

「啊……啊……」

女子仰天朝月亮悲嚎。

「好高興呀……」

「好悲哀呀……」

「好高興呀……」

---

⑦生靈，日文讀作いきりょう（ikiryou），表示人雖未死，靈魂卻雲遊四方作祟。

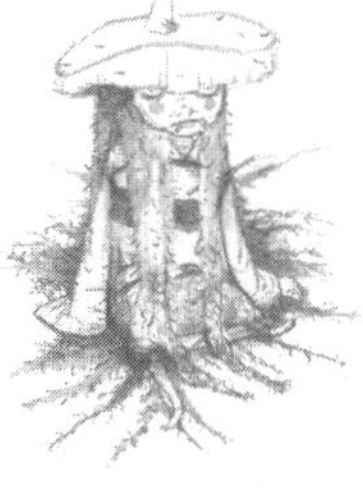

「好悲哀呀……」

女子邊說，身影逐漸稀薄。愈來愈稀薄。

「好高興呀……好悲哀呀……」

消失了。

長久一陣沉默過後，晴明終於喃喃開口：「事情解決了，博雅……」

「嗯……」

博雅點頭回應，卻依然凝視著女子消失的橋頭，文風不動。

冷颼颼的秋風，呼呼吹在兩人身上。

八

日後，搜查了鴨川上那座橋下的河床，結果從河底撈出藤原康範的屍體，以及一具沒有頭皮的女屍。

送神

一

櫻花盛開了。

愈是沈沈低垂的樹枝，愈是密密麻麻地開滿櫻花。

沒有風。

連吹動一片櫻花花瓣的風都沒有。

陽光自青空照射在櫻花上。

安倍晴明宅邸——源博雅坐在窄廊，與晴明一起觀看庭院中那株櫻花。

兩人面前，有盛酒的酒瓶與兩只酒杯。酒杯是黑玉製的高腳杯。

那是夜光杯。

葡萄美酒夜光杯
欲飲琵琶馬上催

正是唐朝詩人王翰所說的夜光杯，從大唐傳過來的酒杯。

兩人觀望著櫻花，漫不經心地舉杯喝酒，擱下酒杯，再轉頭觀望櫻花。

冷不防，櫻花花瓣飄落。

只不過是一片花瓣——宛如晴空射下來的陽光逐漸滲入花瓣，使花瓣承受不了陽光的重量而飄落。

「晴明啊……」

博雅彷彿深怕自己吐出的氣息會令櫻花飄落，壓低聲音開口。

「什麼事？」晴明的聲音近乎冷漠。

「我剛剛看到很感人的光景。」

「你看到什麼？」

「明明沒有風，卻有一片櫻花花瓣飄飄然落下。」

「是嗎？」

「你沒看到？」

「看到了。」

「看到後，沒什麼感覺嗎？」

「什麼意思？」

「我是說，晴明啊，那邊不是開了很多櫻花嗎？」

「嗯。」

「在那些無以計數的櫻花花瓣中，明明沒有風，卻有一片花瓣飄落，僅僅一片。」

「唔。」

「我看到的正是那光景。再過幾天，櫻花花瓣便會接二連三飄落，到時候，我們根本分不清飄落的到底是哪朵櫻花的哪一片花瓣吧？可是，現在飄落的那片花瓣，也許正是那株櫻花樹於今年春天飄落的第一片花瓣……」

「唔。」

「總之，我看到了那片花瓣飄落的光景。這不是很感人嗎？」博雅的聲音比方才大了一些。

「這又怎麼了？」晴明的聲調依然漠然不動。

「難道你看了那光景，內心毫無感覺？」

「也不是毫無感覺。」

「那，是有感覺了？」

「有。」

「什麼感覺？」

「怎麼說呢？舉例來說，大概是如此吧：我感覺，因爲那花瓣飄落，而令博雅中了咒術。」

博雅似乎無法理解晴明所說的話，回問：

「什麼意思？那花瓣飄落的事，與咒又有什麼關係？」

「說有，的確有關；說沒有，也的確無關。」

「啊？」

「博雅，我的意思是，若針對你來說，答案是有關。」

「喂，晴明，等等，我完全聽不懂你在說什麼。若針對我來說，答案是有關的話，那針對別人而言，或許無關嗎？」

「正是這個意思。」

「聽不懂。」

「博雅，你聽好……」

「嗯。」

「花瓣離開樹枝飄落下來的意義，只是飄落了而已。」

「嗯。」

「可是，一旦有人看到那光景，便會萌生咒。」

「又是咒？我總覺得，每次你提起咒時，只會把事情弄得更複雜而已。」

「別這樣，你聽我說，博雅。」

「我正在聽！」

「打個比方說吧，例如，美。」

「美？」

「就是感覺很美，或很舒服的那種心境。」

「那又怎麼了？」

「博雅，你會吹笛吧？」

「會。」

「聽到別人吹的笛聲，你也會感到很美吧？」

「嗯，沒錯。」

「但是，聽到同樣笛聲時，有人感覺很美，也有人毫無感覺。」

「這是當然的。」

「博雅，我想說的，正是這點。」

「哪一點？」

「簡單說來，笛聲本身並非一種美。就跟隨處可見的石頭或樹木一樣，都只是一種存在。而所謂美，是聽到笛聲的人於內心所萌生的一種意境。」

「唔，嗯。」

「因而，笛聲本來只是笛聲而已，但在聽者內心，卻能變化爲美，或根本毫無變化。」

「嗯。」

「所以說，美，正是一種咒。」

「唔，唔，唔。」

「你看到那片櫻花花瓣飄落，內心感覺很美，或爲之動容的話，便表示在你內心已萌生了『美』這個咒。」

「唔，嗯。」

「因此，博雅，佛教所謂的『空』，正是這個意思。」

「什麼意思？」

「根據佛教說法，凡是存在於這世上的一切，似乎本然便具有『空』這東西。」

「就是那個『色即是空』？」

「某東西存在於某處的意義，必須是『那東西』與『觀望的人心』二者皆存在，『那東西』才會產生其存在的意義。」

「……」

「光是櫻花開在樹上的話，是不行的。必須讓源博雅看到了，櫻花才會滋生『美』。不過，光是源博雅在這兒的話，也不行。不但要有櫻花存在，也要有源博雅這人存在，且博雅看到櫻花而爲之動容時，『美』才會存在於這世上。」

「……」

「總的說來，就是，這世上所有一切事物，均藉著『咒』這個人心感應而存在於這世上。」晴明說。

「晴明啊，你看到櫻花時，都在內心思考這種複雜的道理嗎？」博雅目瞪口呆地問。

「一點也不複雜。」

「晴明啊，你應該更單純一點。看到櫻花飄落，內心覺得很美的話，老實坦率地感覺很美不就行了？感覺不可思議的話，便認爲不可思議不就行了？」

「原來是不可思議……」

晴明低道，然後似乎在思考什麼，緘口不語。

「喂，晴明，你怎麼了？」博雅問默默無言的晴明。

然而，晴明依然保持沉默。

喂……博雅正想再度呼喚時，晴明叫出聲：

「原來如此！」

「什麼事原來如此？」

「櫻花。」

「櫻花？」

「原來櫻花就是櫻花。剛剛我們不是在談櫻花嗎？」
聽晴明如此說，博雅還是如墮五里霧中。
「博雅，這都是你的功勞。」
「我做了什麼？」
「多虧你向我提起櫻花的事。」
「……」
「我雖然說，櫻花只是櫻花而已，可是，其實是我沒領悟到其中眞理。」
「是嗎？」博雅依然丈二金剛，卻仍點點頭。
「老實說，昨天開始，我便掛念著某件事，不知道該怎麼辦，一直猶豫不定。現在終於知道該怎麼辦了。」
「晴明啊，你到底在說什麼？」
「我另外再向你說明，不過，你能不能先幫我一件事？」
「什麼事？」
「三條大路東方住著一位智德法師，你能不能到他那兒一趟？」
「可以是可以，可是，我到那位智德法師那兒做什麼？」
「說是法師，其實是來自播磨國①的陰陽師。三年前才搬來京城住。你現在到他那兒一趟，幫我問一件事。」

①今日本國兵庫縣西南部。

「問什麼？」

「問他『鼠牛法師大人現在住在哪裡』。」

「然後呢？」

「他大概會回說不知道。不過，你不能就此打住。我來寫一封信，如果智德法師拒絕回答，你將我的信遞給他，請他當場唸出來。」

「然後會怎樣？」

「他大概便會告訴你了。他告訴你之後，你馬上回到這兒來。你回來之前，我會把一切都準備好。」

「準備什麼？」

「跟你一起出門呀。」

「去哪裡？」

「去智德法師大人告訴你的地方。」

「晴明，我完全聽不懂……」

「待會兒就知道了。對了，我忘了說一件事。博雅，你不要向智德法師大人說，是我託你過去問的。」

「爲什麼？」

「即使不講出來，只要讓他看信，他也會知道。記住，到了他那兒，絕

對不能說出我的名字。」

「明白了。」

博雅雖然聽得糊里糊塗，還是點頭答應，搭牛車出門辦事。

二

過一會兒，博雅回來了。

「晴明啊，太驚人了，一切都如你所說的。」博雅道。

地點仍是方才的窄廊。晴明坐在窄廊上，悠閒自在地舉杯自酌。

「智德法師大人還好嗎？」

「談不上好不好，他看了你的信，整張臉都綠了。」

「大概吧。」

「他本來堅持不知道鼠牛法師住在哪裡，看了你的信後，態度突然軟化，老實說了。」

「住在什麼地方？」

「西京。」

「西京嗎？」

「晴明啊，你在信中到底寫了什麼？智德法師大人怯頭怯腦地問我看了信沒有。我說沒有，他鬆了一口氣，還不放心地再度問我是眞是假，我都替他感到可憐。」

「博雅，因爲你是櫻花……」

「我是櫻花？」

「沒錯。博雅本來只是博雅而已，是對方擅自中了『不安』這個咒。你愈是老實回答沒看信，他愈是恐懼不安吧。」

「正是如此。」

「這樣剛好。」

「晴明，你到底在信中寫了什麼？」

「名字。」

「名字？」

「是智德法師大人眞正的名字。」

「這又怎麼了？」

「博雅，你聽好，從事我們這種工作的人，必定會分別使用眞正的名字及化名。」

「爲什麼？」

「一旦讓別人知道了眞正的名字，如果對方是陰陽師，便很容易中了對方的咒術。」

「那麼，除了『晴明』這個名字，你也有其他眞正的名字？」

「當然有。」

「是什麼？」語畢，博雅又慌忙補充：「不，不用說了。如果你不想說，就算我問了，你大概也不會回答。我不想讓你因爲沒回答我的問題而記掛在心。話說回來，你跟智德法師大人往昔曾有什麼瓜葛嗎？」

「說有，的確有。」

「發生過什麼事？」

「大概是三年前吧，智德法師大人曾經來試探我的力量。那時，我將智德法師大人所操縱的式神隱藏起來。他要我還給他，我便把式神還給他了，結果，智德法師大人在牌子上寫下他眞正的名字，交給我……」

「可是，他爲什麼會將那麼重要的名字交給你……」博雅說到一半，改口說，「晴明啊，那時，你是不是做了什麼讓智德法師大人寫下自己名字的事？」

「忘了……」

「如果是自己甘願寫的，我剛剛去時，他應該不會那麼慌張。」

「這問題就這樣算了吧。」

「不行。再說，晴明，你叫我去辦事，自己卻一直在這裡賞花喝酒？」

「嗯。」

「我是因爲你說必須準備很多事，才去幫你辦事，而你竟……」

「博雅，別生氣，先聽我說。這事其實不能由我親自去辦，所以才託你幫我辦的。」

「爲什麼你不能親自去辦？」

「如果我猜得沒錯，鼠牛法師應該是智德法師大人的師傅。要是他不加思索便告訴我師傅的住居，事後大概會挨罵。」

「爲什麼會挨罵？你和那位鼠牛法師最近有什麼糾紛嗎……」

「也說不上是糾紛。總之，就是非你去問不可。」

「可是，讓他看了那信，他不就立刻知道是你？」

「正是要讓他知道，也正因爲他知道了，才肯老實告訴你。」

「那，誰去不都一樣？」

「不一樣。信中沒寫『晴明』這個名字，只寫了智德大人的名字。因此，智德大人可以向自己與鼠牛大人辯解說，不是受晴明所迫而洩漏祕密。這點最重要。」

「唔……」

「總之，既然知道鼠牛大人的住所，我們準備出門吧。」

「唔，嗯。」

博雅似乎還想說些什麼，卻硬吞下去，點點頭。

「去不去？」

「嗯。」

「走。」

「走。」

事情就這樣決定了。

三

牛車咯吱咯吱往前行進。

拉曳著晴明與博雅所乘牛車的，是一頭大黑牛。黑牛緩步前行。

牛車旁沒有牧童，也沒有牽衡軛的隨從。只是任黑牛自由前進。

「晴明啊，到底是怎麼回事，應該可以說給我聽了吧？」博雅在牛車內問晴明。

「該從哪裡說起呢？」晴明似乎早已決定將一切說出。

「從事情的開端說起。」

「那，就從菅原伊通大人的事說起吧。」

「你說的是誰？」

「是一位住在西京極的大人，去年秋天過世了。」

「接下來呢？」

「夫人名爲藤子，還活在這世上……」

晴明開始講述事情的來龍去脈。

四

菅原伊通是河內國②人。

年輕時便來到京城，由於小有才智，在宮中供職。

雖未特別拜人爲師，卻吹得一手好笛。

伊通之妻是藤子。

藤子是大和國③人，也跟隨入宮任事的父親來到京城。

父親與伊通相識，基於此緣分，伊通結識了藤子，彼此陷於交換信件與

---

②今日本國大阪府南、中、北河內三郡。

③今日本國奈良縣。

和歌的戀情關係④。某年，藤子的父親因染上時疫而過世，兩人也成爲夫妻。

夫妻之間，感情甚篤。

每逢明月清風的夜晚，伊通時常吹笛子給藤子聽。

沒想到，藤子成爲伊通之妻後的第三年，丈夫竟與父親一樣，害了時疫而過世。

「這是去年秋季的事。」晴明說。

藤子每夜以淚洗面。

每到夜晚，藤子總會想起伊通溫柔的話語與那擁抱自己的手臂；碰到月明如水的夜晚，更會回憶起伊通的笛聲。

往後，將無法再見到伊通，也無法依偎在伊通懷中，更無法聽到笛聲了……想到此，藤子便會淚流滿面，徒增心焦如焚的思念情懷。

最後，藤子終於痛不堪忍，就算丈夫已死，也要見死去的丈夫一面。

「於是，她便到智德法師那兒去求救。」

無論如何都要見丈夫一面。能不能幫她了結這心願？藤子向智德哭訴。

「眞是抱歉……」智德搖頭回答，「在下無法讓死者復甦。」

「那麼，您認識具有這種法力的大人嗎？如果，可以了結我的心願……」

④平安時代的男女戀愛關係，由於不能私下約會見面，都是靠情書或和歌逐漸培養感情。

藤子表示，花再多錢也心甘情願。

她手邊多少有些父親與丈夫雙方留下來的財產。

藤子又表示，視情況，就算賣掉宅邸也無妨。

「好吧……」智德點頭應允。

「結果，智德法師不知從哪裡帶來一位法師……那法師正是鼠牛法師大人。」晴明道。

「原來如此……」博雅點頭。

鼠牛法師年約五十出頭，或許更年長。

他二話不說便收下錢，施行了法術。

「伊通不會馬上出現，大概需要五至七天，也許更久，十天才能出現也說不定。畢竟，從那個世界來到這個世界，旅途很長。」鼠牛法師如此吩咐後，便告辭了。

藤子每夜都在等待……今晚會來嗎？還是明晚才會出現？然後，到了第十天……

那晚，月色很美。

躺在被褥中輾轉不寐的藤子，無意中聽到不知從何處傳來的笛聲。傾耳靜聽之下，才聽出那正是曾經夜夜思念的伊通所吹的曲子。

那笛聲，逐漸挨近。

藤子欣喜若狂，翻身坐起，靜待笛聲來訪。

笛聲，愈來愈接近了。

隨著笛聲接近，藤子內心也逐漸萌生另一種迥異於欣喜感情的不安。

丈夫到底會以何種容貌回來呢？

是已成爲亡靈，外貌變成鬼魂了嗎？或是像空氣那般、沒有軀殼的魂靈呢？

同已是死者的伊通相會，自己又到底想怎樣呢？

可是，就算伊通是死者，還是想見他一面。

心裡很害怕。

雖害怕，又想見他。

兩種感情在藤子內心交錯起伏時，笛聲在家門前停止了。

「藤子呀……藤子呀……」門外傳來細微聲音，「幫我開一下門吧……」

毫無疑問，那聲音正是心愛的伊通。

藤子從格子板窗縫隙往外偷窺，只見伊通佇立在夜空灑落的月光中。

除了臉色較蒼白外，伊通的外貌與生前毫無兩樣，令藤子愈加眷戀，也愈加恐懼。

看到伊通已寬衣解開裙褲腰帶，藤子更是睹物生情，懷念起過去的美好時光，反而無法開口回應。

應該爲丈夫開門，還是不該開呢？

猶疑之際，門外傳來伊通的吟誦聲。

翻越黃泉山　不堪寂寞獨哀哀
未睹佳人影　愁腸寸斷冥途行

意思是：翻越了黃泉山，行走在冥途之路的我，之所以會如此悲哀，是因爲見不到心愛的佳人……

然而，藤子還是提不起勇氣開門。

「只因妳太想我，痛念之情化爲火焰，令我夜夜讓焰火燒得皮焦肉爛呀。」

藤子從格子板窗縫隙仔細觀望伊通全身，果然發現他身上四處都在噗噗冒煙。

「也難怪妳會害怕。因爲不忍心看妳對我茶思飯想，我向閻王告假，好不容易才如此回來看妳，既然妳這樣害怕，今晚還是先回去好了……」

伊通說畢，再度吹著笛子漸行漸遠。結果，連續三夜，伊通都回來了。

「可是，藤子夫人依然提不起勇氣開門。」晴明說。

「唔……」

想到往後每晚都會發生同樣的事，連藤子也開始驚恐萬分。於是，藤子又跑到智德法師那兒，向智德法師哭訴：見不到丈夫沒關係，能不能讓**那東西**不要再來了……

「那是返魂術，我這種程度的陰陽師，根本無能應付。」智德說。

「那麼，能不能請那位鼠牛法師再來一趟？」

「我不知道鼠牛目前身在何處。即便知道，也無法保證他肯不肯善後。就算他答應了，恐怕又要花一筆錢吧。」智德的態度極為冷淡。

「結果，藤子夫人便來哀求我想辦法。」

「原來是這麼一回事。」

「話又說回來，並非任何人都能施展返魂術。在京城，除了我，頂多只有另外一、二人……」

「你知道是誰嗎？」

「的確知道。」

「是誰？」博雅問。

晴明不回話，瞄了一眼垂簾外，喃喃自語：「看樣子，對方來了。」語畢，掀起垂簾往外觀看：「果然來了。」

「什麼來了？」

「鼠牛大人派來的帶路者。」

「帶路者？」

「是的。鼠牛大人知道我們現在正要前往他那兒。」

「爲什麼？」

「大概是智德法師告訴他的。」

「說已經向晴明透露了鼠牛大人的住處？」

「不是吧，應該只說發生了什麼事而已。像鼠牛法師那種法力無邊的人，不必說出我的名字，他也能看穿是我安倍晴明插的手。看他現在派來了帶路者，可見已猜出是我了。」

晴明邊說，邊掀開垂簾讓博雅看帶路者。

博雅從垂簾望出去，只見半空中飄浮著一隻老鼠，正往牛車前來的方向凝視。

老鼠身上有翅膀，啪嗒啪嗒地上下揮動。

那翅膀不是鳥類般的翅膀，而是蝙蝠。只是，那老鼠並非蝙蝠，確實是

一隻小萱鼠。那隻有翅膀的萱鼠，微微揮動翅膀，在牛車前飛翔。

五

牛車停下來了。

下車一看，眼前是一片荒涼原野。

太陽已將西傾，火紅晚霞斜斜照射在春天原野上。

牛車前，火紅斜陽下，有間荒廢茅舍。茅舍旁有棵高大楠木。

「原來住在這兒……」

晴明觀看著茅舍，那隻有蝙蝠翅膀的萱鼠則在晴明眼前啪嗒啪嗒地飛來飛去。

晴明伸出左手，萱鼠飛落下來，在晴明手掌中收合起翅膀。

「你的任務已經完成了。」

語畢，晴明合上手掌，再度張開時，萱鼠已經消失。

「那到底是什麼？」博雅問。

「是式。」晴明說完，朝茅舍走去。

「晴明，你打算怎麼辦？」

「去向鼠牛法師打個招呼。」

博雅跟在晴明身後。

「話又說回來，這名字眞是目中無人。只不過把干支第一個鼠與第二個牛連起來而已，一點創意都沒有。」博雅邊嘀咕，邊鑽進茅舍入口。

房間很暗。茅舍有一半是泥巴地，泥巴地上有爐灶。裡面一半是地板房。

火紅夕陽從窗外射進來，在對面牆上留下一塊窗口圖樣的紅布。木板牆縫隙間也鑽進幾道細微光絲，照射在茅舍中。

空氣中瀰漫著些微血腥味。

有個法師模樣的男人躺在地板房。

他支著右肘，手掌扶著頭側躺在地板，身體正面對著晴明與博雅。

一頭長髮蓬亂如麻，臉上也長滿了邋遢鬍子。男人面前有個看似盛了酒的瓶子及一個破陶碗。房內都是酒味。

「晴明，你來了。」男人躺著說。

看上去，年齡大約五十五、六歲。

「久違了，道滿大人……」晴明的紅脣含著微笑回應。

「什麼？晴明，你剛剛說什麼？」博雅問晴明。

「博雅，這位正是鼠牛法師，也是蘆屋道滿大人……」晴明道。
「什麼？原來他……」
蘆屋道滿與晴明齊名，是京城遠近聞名的陰陽師。
播磨國有一陰陽師集團，體系異於賀茂家、安倍家，所有出自播磨國的陰陽師中，蘆屋道滿是最有名的一位。
自古以來，播磨國便是陰陽師與方士輩出的國家。
「晴明，要不要喝一杯再走？」道滿笑著說。
「那酒不合我的口味。」晴明語畢，抬眼瞄了一下天花板。
仔細一看，原來自天花板垂下兩條繩子，繩子先端各倒綁著老鼠與蝙蝠。而且自老鼠與蝙蝠口中正滴落著鮮血，滴滴答答地落在瓶子與碗中。
「晴明，那、那是……」
「博雅，你剛剛也看到在空中飛的那隻老鼠吧。那式神，正是道滿大人如此變化出來的。」晴明回博雅。
「晴明，你來做什麼……」道滿問。
「你做了造孽的事吧。」
「你是說，我爲那女人的丈夫所施行的返魂術？」
「正是。」

「我只是了結她的心願……」

「置之不理的話，男人會每晚都去找女人，而那女人，終究不是發狂便是死亡。」

「下場大概是如此吧。」

「我不贊成死人與活人相會。」

「講得眞好聽，晴明，你又不是沒做過類似的事……」道滿驀地翻身起來，盤坐在地板。

「道滿大人，您是爲了金錢才那樣做嗎？」在晴明身邊的博雅問。

「你認爲我是爲了金錢而做……」道滿放聲大笑，「喂，晴明，你好好教一下那男人吧。告訴他，類似你和我這種水準的陰陽師，根本不把那點小錢看在眼裡。像智德那種小人物，或許還有可能，吾人是不會爲了金錢而有所行動。」

「什麼？」

「吾人是爲了『咒』才會出面。」

「咒？」

「一切爲的都是『咒』。」

「您是說，是……是……」博雅吞吞吐吐，「是爲了人心？」

「看樣子，你多少懂得一點咒的道理。沒錯，吾人正是爲了人心才會出面。你聽好，所謂返魂術，如果不是有人深切渴望某靈魂歸來，吾人也是束手無策的。因爲那女人渴望見那男人，那男人才會去找女人。這種事，誰阻止得了？」

博雅聽後，憋住話語，以求救的眼神望向晴明。

「道滿大人說的是事實……」

「晴明，有關人世的事，最好適可而止。吾人之所以介入人世，歸根究柢，只是爲了消遣而已。晴明，怎樣？你應該也是如此吧？」

道滿再度放聲大笑，接著又說：

「出於消遣，有時候猜得中盒子裡的東西，當然有時候也會猜錯。反正，吾人只考慮到在臨死之前，該如何讓人生過得好玩而已。不，最近甚至連這點也懶得計較了。好玩也好，不好玩也好，反正大家都活在同樣的時間中，最後還是會離開這人世。晴明啊，有關這點，你不是比我理解得更透徹嗎……」

照射在牆壁上的餘暉，已逐漸緩慢地褪去火紅。

「道滿大人，由某人施行的返魂術，若要讓其他人來解，是很危險的。一不小心，那女人很可能喪命。」

「晴明，你別管閒事。觀看那女人逐漸發瘋，不是很有趣嗎？」
「不過，我最近覺得，觀看飄落的花瓣也很有趣。」
「那就看花瓣飄落好了。」
「倘若那花瓣是基於大自然的安排而飄落，那確實有趣；但既然道滿大人已插手了……」
「你打算阻止花瓣飄落？」道滿又笑了。
「不是，是覺得讓花瓣自然飄落比較好。」
「晴明，你好像變得很會講笑話了。」道滿露出黃牙笑道，「既然如此，你就試試看吧。我倒要看你如何解開吾人道滿所施行的法術。」
「那麼，我可以隨意行事了？」
「當然可以，吾人雖不教你任何事，但也不插手管任何事。」
「這話請謹記在心。」
「喔。」
道滿回話時，餘暉已消失了，房內光亮盡去。
「爲了趕時間，在下這就告辭了……」晴明微微頷首，再催促博雅，
「走吧。」
「晴明，這樣就可以了嗎？」

「那男人親口向我說不會插手管這件事，這就夠了……」晴明興沖沖地往牛車走去。

將要入夜的上空已出現點點星光，在逐漸逼近的暮色中，響起道滿那輕微笑聲。

「有趣。好久沒碰到這麼有趣的事了，晴明……」

六

兩人來到位於西京極那女人的宅邸時，太陽已下山了。

晴明、博雅和女人相對坐在燈火亮光中。

「請問……」晴明問藤子，「夫人是不是將伊通大人生前持有的東西，或將他身體的一部分交給鼠牛法師了？」

「我有他的遺髮，那遺髮……」

「頭髮？」

「是。」

「鼠牛法師有沒有索求夫人的頭髮？」

「有。」

「夫人給他了？」
「是。」
「那麼，夫人手中還有伊通大人的遺髮嗎？」
「沒有。全部交給鼠牛法師了。」
「原來如此……」
「我是不是做錯了……」
「不，不是做錯了。既然如此，我們用另一個對策吧。不過，這個對策，需要夫人合作，夫人必須與伊通大人見面才行得通。」
「意思是……」
「開門讓伊通大人進屋，不然便是夫人親自到屋外見伊通大人。您辦得到嗎？」
「是，我想應該辦得到……」藤子下定決心似地點頭。
「那麼，我和這位先去準備一切。」
「準備？」
「能不能給我們些許鹽？以及少許夫人的頭髮？另外，再借用一把貴府的燈火……」

七

博雅持著燈火，晴明則在一旁走步法。

首先，跨出左腳，再伸出右腳，然後將左腳、右腳靠攏，佇立在原地。其次伸出右腳，再跨出左腳，最後將右腳與左腳靠攏。之後，又再跨出左腳……重複同樣步法。

這是驅除惡靈或邪氣的法術，名曰「禹步」。

晴明邊走邊低聲唸著咒文。咒文是泰山府君──閻王──祭文。

晴明所做的準備，是先燃燒藤子的頭髮，再將燃燒後的灰撒在藤子家四周。現在正在那頭髮灰上走步法。

兩人都沐浴在青色月光中。

終於，晴明走完步法。

「只要伊通大人跨進這結界，便能與泰山府君斷絕關係了。」

「什麼意思？」

「泰山府君也是我們的神祇，我不能做得太過分，這樣應該剛好吧。」

「啊？」博雅一副如墮五里霧中的表情。

「伊通大人於丑時才會來，現在離丑時還有時間，在這之前，博雅，你有問題想問我嗎？」

「有，而且有很多問題。」

「想問什麼？」

「你剛剛提到頭髮的事，那到底是什麼意思？」

「喔，那個啊，我本來打算用最簡單的方法解決問題。」

「最簡單的方法？」

「嗯。返魂術也有好幾種。我聽說鼠牛大人向夫人要了頭髮，便猜想他大概是利用頭髮施行了返魂術。」

「……」

「道滿很可能燃燒了伊通大人與藤子夫人的頭髮，再利用頭髮灰進行密教修法吧。」

「到底是什麼樣的修法？」

「大概是在埋有伊通大人遺體的墳墓上，撒下兩人的頭髮灰，再於墳墓前通宵唸了一兩天泰山府君祭文吧。當然還有其他方法。如果現在手中有兩人的頭髮，先將頭髮剪碎，撒在墳墓上，我再代替道滿向泰山府君請求解除返魂術便行了。這時，如果道滿存心阻擾我的法術，他也只要同時唸咒，向泰山府君祈求不要解除返魂術，同樣可以達到目的。」

「原來是這樣。」

「對方若不是法力無邊的道滿，其實不論怎麼做都可以解除，只不過，在這個例子中，大概是先施行返魂術的道滿，咒術比較強。」

「那，你現在施行的法術呢？」

「是櫻花花瓣，博雅。」

「花瓣？」

「正是你教了我櫻花花瓣的道理。」

「你在講什麼？我完全聽不懂。」

「我聽了你的話，才恍然大悟。事到臨頭時，只要給對方看櫻花花瓣的原樣就可以了……」晴明接著說：「道滿不是也說過了？不僅是返魂術，所有的咒，其實都是人心的反映……」

「……」

「從某種意義來說，咒的力量，比這世上任何事物都要強也說不定。比我強，也比你強……因爲，咒，具有連泰山府君都能操縱自如的力量。」

「我還是聽不懂。」

「不，博雅，比起我來，也許你更深切理解咒的眞理……」

「怎麼可能？」

「對了，博雅，你帶葉二來了嗎？」

「帶了，在懷中。」

「伊通大人來時，大概又會吹笛吧。等他來到結界附近，也許會察覺不對勁而停止腳步。博雅，到時候你能不能吹一下葉二……」

葉二——據說是鬼魂送給博雅的笛子。

「沒問題，要我做什麼都可以。」

八

燈火亮光中，晴明與博雅坐在藤子面前等著。

外面似乎微微吹起風來了，偶爾會傳來門戶輕微震動的聲音。

「真的不會有事嗎？」藤子正襟危坐地小聲問。由於太過緊張而口乾舌燥，聲音變得有點嘶啞。

「只要夫人您意志堅強，其他的，交給我跟博雅來應付。」晴明一反常態，溫和地回道。

三人再度陷於沉默，傾耳靜聽門外的風聲。

然後，博雅輕聲細語說：「來了，晴明……」

不久，遠處傳來笛聲。起初只是隱隱約約，接著逐漸清晰，且漸行漸近。

「來吧……」經晴明一催促，藤子站起身。

晴明牽著藤子的手，一起走到格子板窗前。博雅跟在兩人身後。

三人在格子板窗前靜待，笛聲愈來愈大。

博雅雙手早已握著葉二，正在沉穩調整呼吸。

笛聲愈來愈近。

晴明微微拉開格子板窗。從縫隙往外窺看，可以望見沐浴在月光下的明亮風景。

矮牆外，出現了一個人影。

是男人。身上穿著圓領公卿便服，頭上戴著烏帽。

那男人吹著笛子，逐漸挨近。

來到矮牆前，男人突然頓住腳步。

「博雅。」

聽晴明呼喚，博雅將葉二舉到脣邊，平穩地吹起笛子。

依在博雅脣邊的葉二，傳出無以名狀的笛聲，滴溜溜滑入夜氣。那笛聲，似乎能讓靈魂與肉體皆澄淨得近乎透明。

博雅的笛聲剛傳到外面，男人再度跨出腳步，越過矮牆，佇立在大門前。

男人與博雅均一心一意吹著笛子。博雅和著男人的笛聲，男人也和著博雅的笛聲。

不久，和鳴的笛聲不約而同靜止，猶如融化在春季大氣中消失了。

「藤子呀，藤子呀……」

外面傳來呼喚。

像是從門縫鑽進來的蜘蛛絲一樣，細微的聲音奄奄垂絕。

「幫我開一下門吧……」

晴明用眼神催促藤子，藤子雙手顫抖地開門。

門一開，和著春天綠野的味道，一股濃厚泥土味撲面而來。

「總算開門了……」伊通說。

伊通的呼氣，夾雜著令人想別過臉的腐臭味。

他面色蒼白，身上的公卿便服四處噗噗冒煙。

從上空照射下來的月光，使得伊通彷彿溼透了一般，全身發出青光。

對於藤子身旁的晴明與博雅，伊通似乎視而不見，毫不在意。

「藤子呀，既然妳內心如此苦悶，我就回來陪在妳身邊吧。」伊通的聲

調溫柔體貼。

藤子潸然淚下，呢喃細語回說：「你無法留在這兒……」藤子泣不成聲，「夠了，已經夠了。良人啊，把你叫出來，實在很對不起，你可以回你的樂土了。」

「妳不需要我了？」伊通悲哀地問。

不！

不！

藤子否定般地左右甩頭，接著，又肯定般地點頭說道：「是的，你回去吧……」

伊通泫然欲泣地望著藤子，又求救般地望向晴明，再望向博雅。

伊通發現博雅手上的笛子，說：「原來是你……」

博雅哽噎難言地點點頭。

「那笛聲太好聽了……」

語畢，伊通的五官開始緩緩走樣。

膚色產生變化，慢慢溶開，眼珠暴露出來，蒼白的頰骨與牙齒也顯現在外。

啊……啊……

伊通張著大口，彷彿想大叫，卻發不出任何聲音。

就那樣，伊通癱倒在原地。

地面月光下，躺著一具埋在土中約有半年多、腐爛不堪的屍體。

已化爲白骨的伊通手中，緊緊握著一支笛子。

一片解除了咒術的櫻花花瓣，正飄落在那兒。

女人細聲啜泣起來，然後，啜泣變爲低微而沉抑的慟哭。

為誰而若有所思

《今昔物語集》第二十七卷

〈於京極殿　有詠古歌音語　第二十八〉

昔年，上東門院①居京極殿②。三月下旬，花團錦簇，南面櫻花撩亂，豔美絕俗。某日，院③處寢殿，南面遮日間傳莊嚴吟詠聲：

爛漫香又豔，美哉櫻花也

院聞畢，內心甚異，暗忖：「此聲從何而來？」時屏風合攏，院自御簾內窺之，四下無人。院自語：「怪矣，詠歌者誰？」遂命眾僕循聲而去。眾僕歸來曰：「遠近無人。」院聽畢，大驚：「何耶？莫非鬼神吟詠？」驚懼之餘，派人速至高陽院④以告關白殿下⑤。殿下曰：「此乃常事，不足爲奇。」

一

故事開始之前，首先回想一下大唐這個國家。

①藤原道長的長女彰子。第六十六代一條天皇的皇后之一，第六十八代後一條天皇與第六十九代後朱雀天皇之母。近侍有紫式部、和泉式部等平安時代才媛。

②又稱土御門殿、上東門第。位於平安京土御門之南，藤原道長宅邸。

③上東門院。

④藤原賴通宅邸。

⑤藤原道長的長男藤原賴通。關白，輔佐天皇之大臣，天皇幼時代天皇攝政，位於太政大臣之上。

從七世紀初到十世紀初，大唐王朝大約持續了將近三百年。

在這近三百年的王朝歷史中，如果有人問我，最富唐朝氛圍、或唐朝盛世到底是何時？我一定會不加思索回答說：是西元七一二年至七五六年之間的四十五年。

一般說來，這時期通稱爲盛唐。

那麼，盛唐究竟是怎麼樣的時代？

這時代，統治大唐之國的正是那位名垂青史、與楊貴妃有過一段悲戀的玄宗皇帝；也是在這時代，以李白、杜甫爲首，眾多才華洋溢的詩人有如恣意撒下寶石與黃金般，毫不吝惜地創作出不計其數的詩歌。

這時期的長安城，可說是即將落地的爛熟果實。

天寶二年（西元七四三年）暮春，宮中舉行了一場宛如象徵這時期的宴會。

地點是長安興慶宮。彼時正是牡丹花盛開時期。宴會間，玄宗召見了李白，命他即席作詞。

帶著醉意出現在玄宗面前的李白，滿溢的才華猶如自筆尖流瀉，當下揮筆自如地寫下一首詩歌。

雲想衣裳花想容
春風拂檻露華濃
若非群玉山頭見
會向瑤臺月下逢

即席而作的這首詩歌，由當代名歌手李龜年助興獻唱，伴著宮廷樂師所奏的管弦之音，楊貴妃也翩翩起舞。

當時來自倭國、服事大唐朝廷的阿倍仲麻呂⑥，是在場觀賞的賓客之一。日後安祿山之亂時，以絲巾縊殺楊貴妃的宦官高力士也在場。

這時期的長安，正如枝頭上果肉即將腐化的果實，散發出腐爛前特有的甘美芳香。興慶宮酒宴，可說是這時期長安的象徵。

話說回來，我們倭國朝廷呢？

平安時代中，到底有沒有能與唐國那由李白作詞、楊貴妃起舞的盛宴媲美的宴席呢？

答案是，有。

那是村上天皇在位時，亦即天德四年（西元九六〇年）春季所舉行的宮內和歌競賽。

⑥西元六九八～七七〇年。奈良時代的遣唐留學生，唐名為「朝衡」。西元七一七年隨日本遣唐使到唐國留學，服事於玄宗，與李白、王維等當代詩人等結下深厚友誼。西元七五三年歸國途中遭遇海難，又折返唐國，仕唐期間長達五十四年，最後卒於唐國。

何謂和歌競賽？

和歌競賽是將宮廷內的殿上人⑦分爲左右二組，再分別較量雙方於事前作好的和歌，比較哪一方優秀的競賽大會。

當時的和歌競賽，進行方式形形色色，但目的並非僅止於競賽，娛樂、宴會的要素也相當濃厚。

是一種不但有管弦、歌唱，也有酒宴的宮廷藝文活動。

自仁和元年（西元八八五年）至文治年號（西元一一八五～一一九〇年）的三百餘年間，爲眾人所知的和歌競賽有四百七十二回，類似活動則有三十回。在這些共五百回以上的同類藝文活動中，就規模、格調及歷史意義來說，無論哪一項，村上天皇舉辦的宮廷和歌競賽都可說是出類拔萃的一場。

既非祭神儀式或祭典，更非典禮——說穿了，只是一種遊戲而已。然而，在將近四百年的平安京歷史中，這是一場最豪華、絢爛的宴會。

猶如在枝頭上開了一朵沉甸艷麗的大花牡丹……

正如由李白作詞、楊貴妃起舞的那場興慶宮宴會，是盛唐的象徵一樣，這場於天德四年舉行的宮廷和歌競賽，也可視爲倭國古代王朝文化的象徵之一吧。

這究竟是怎樣的一場宴會呢？

---

⑦五品以上的貴族或六品以上的官員才能獲允進殿。

⑧平安京殿堂之一。紫宸殿是主持儀式的殿堂，清涼殿則是天皇日常起居的殿堂。現在京都御所的建築物是安政年間（西元一八五四～一八六〇年）所建。

⑨樂器名。一種管樂器，以竹為管，以蘆為首，其聲甚悲。亦稱為「觱篥」。

⑩又名《水言抄》，總計六卷，完成於十二世紀初。是藤原實兼以第七十一代後三條天皇之師——學者大江匡房的談話為主，所記下的筆記。內容主要是朝廷公事、祭神儀式、日常雜事、詩歌等。

首先，主持者是當時的在位天皇——也就是第六十二代村上天皇。

時間是天德四年三月三十日——陽曆四月二十八日。

地點是宮內清涼殿⑧。

說起來，這場宴會源於前一年天德三年八月十六日所舉行的和歌競賽。當時，男性分成左右二組，各自準備了詩歌與文章，在宮內進行一場詩歌、文章的競賽。

宮廷女官受到這場活動的刺激，遂提議「男方已鬥文章，女方應來和歌」。

「老是男人在玩遊戲，我們也來辦一場吧。」

「要辦的話，我們女人就辦和歌遊戲。」

想必女官之間曾如此彼此交談。

於是，村上天皇便依著自己的喜好，隨興所至地安排了這場活動。

歷代天皇中，村上天皇特別喜愛舉辦這類活動。他不但會作和歌，也精通箏、笙、横笛、篳篥⑨等樂器，不但是上述樂器的祕曲傳人，也是將祕曲流傳後世的人。天皇逸事中，與管弦之道有關的紀錄，以《江談抄》⑩、《禁秘抄》⑪爲首，《古事談》⑫、《文機談》⑬、《教訓抄》⑭等古籍中的記載亦不勝枚舉。

---

⑪又名《禁中抄》、《順德院御抄》、《建曆御記》，總計三卷，著於西元一二一三年。第八十四代順德天皇著。內容主要是宮中行事、儀式、政務等。

⑫總計六卷，說話集，完成於西元一二一二～一二一五年。內容主要是編纂奈良時代末期至平安時代中期之間的神佛、宮廷、民間說話。

⑬總計五卷，大約完成於西元一二七二年。隆圓法師著。內容主要是琵琶等管弦樂史。

⑭總計十卷，完成於西元一二三三年。內容主要是鎌倉時代初期的舞樂解說集。

正是這樣一位人物，運用自己身爲朝廷內最高權力者的力量，在春季京城演出一場自己認爲最理想、無上風雅的活動。

這一年二月二十九日，村上天皇選定了左右雙方的「方人」。

方人，發音爲kataudo。在此意謂和歌競賽中心人物的女官。

方人自己不作和歌，而是委託歌人代作，再於和歌競賽場上，讓吟詠者歌詠，自己則在現場當觀眾，爲己方的勝負評判而時喜時憂。

這回的方人是宮廷女官。以更衣⑮爲首，再將典侍⑯、掌侍⑰、內侍⑱、命婦⑲、女藏人⑳等女官分爲左右二組，每組各爲十四人，共選定二十八人。

三月二日，左右二組的領隊更衣獲悉參賽名單。

三月三日，和歌題目傳達至每位參賽女官手中。

女官按題目各自交出和歌，競賽當天，再依照題目吟詠左右二組各自準備的和歌，進行對抗遊戲。

附帶一提，這場競賽共有二十首和歌參賽，事前便決定好各個題目的和歌朗誦數。按題目類別，有時是一首，有時是二首，甚至有三首或五首的例子。

題目與和歌數，依勝負順序排列如下：

---

⑮こうい（koui）。皇妃之一，地位次於女御。依地位高低排列是太皇太后、天皇生母的皇太后、皇后的中宮、皇妃之一的女御、皇妃之一的更衣。父親是大臣的女官才能候選為女御，大納言以下官位的女兒是更衣。

⑯てんじ（tenji）、ないしのすけ（naishinosuke）。內侍之一，侍奉天皇身邊瑣事的女官，官位從四品。

⑰ないしのじょう（naishino-jou）。也是內侍之一，官位從五品。

⑱ないし（naishi）。內侍長官是尚侍，官位從三品。得天皇寵愛的尚侍可以升為更衣。

霞，一首。
鶯，二首。
柳，一首。
櫻，三首。
棣棠㉑，一首。
藤花，一首。
暮春，一首。
初夏，一首。
杜鵑鳥，二首。
溲疏㉒，一首。
夏草，一首。
戀情，五首。
春季和歌十首、夏季和歌五首、戀情和歌五首。總計二十首。
由於左右二組必須各自準備二十首和歌參加競賽，因而總計要創作四十首和歌。
女官大概興高采烈地在後宮彼此商討，哪道題目要請哪位歌人創作才好。

⑲みょうぶ（myoubu）。官位五品以上的婦人稱為「內命婦」，五品官位以上的公卿之妻稱為「外命婦」，基本上沒有特別職務，但必須參加所有儀式。平安中期以後，所有三品以下、內侍以外的公卿階級婦人，均稱為命婦。

⑳にょくろうど（nyokuroudo）。在宮中負責雜事、公事、儀式等等的女官，身分比內侍、命婦低。

㉑「山吹」（やまぶき，yamabuki），學名*Kerria japonica*。

㉒日文為「卯の花」（unohana），學名*Deutzia crenata*。

「請採用在下的和歌……」

「在下的情歌定能驚動天地……」

歌人大概也忙著向女官自薦。

「你認識精通和歌的人嗎？」

女官也四處向熟人或與歌壇有關的人打聽採問吧。

在此姑且不論事情的顛末，總之，當時中選的歌人名單如下：

左組——

朝忠卿（六首）。

橘好古（一首）。

少貳命婦（一首）。

源順（二首）。

坂上望城（二首）。

大中臣能宣（三首）。

壬生忠見（四首）。

本院侍從（一首）。

右組——

中務（五首）。

藤原元真（三首）。
藤原博古（一首）。
平兼盛（十一首）。
左組八人，右組四人。
其中，朝忠、順、元真、能宣、忠見、兼盛、中務七人，都是三十六歌仙之一。
由於未規定一人只能創作一首，亦即一名歌人要創作幾首都可以，因而歌人參賽人數少於參賽和歌數，左右二組的歌人參賽人數也不一樣。
此外，一般說來，和歌競賽並非於現場宣布題目，再讓歌人即席作詩，而是事前便已知道題目、完成和歌。
左方的方人領隊是宰相更衣源計子㉓。
右方的方人領隊是按察㉔更衣藤原正妃㉕。
裁判是左方公卿左大臣㉖藤原實賴。
讓左方大臣擔任本應處於中立立場的裁判，似乎有點不公平，但左大臣是次於天皇的掌權者，讓他當裁判也算是妥當的人事安排吧。
話又說回來，左方、右方各有一位負責朗誦和歌的人物。
左方的朗誦者是源延光㉗。

㉓村上天皇的皇妃之一，日後生下第二皇女理子、第五皇女盛子。官位從四品下。
㉔官位正五品下。
㉕村上天皇的皇妃之一，日後生下第三皇女、第三皇子、第六皇子。
㉖太政官首席，位於太政大臣之下、右大臣之上，官位正二品。太政大臣、左大臣、右大臣統稱「三公」，總管所有政務。由於太政大臣並非常備官，因而實際首席長官通常是左大臣。
㉗與源博雅同樣是醍醐天皇的孫子，博雅是長子克明親王之子，延光是三男代明親王之子，而克明親王與代明親王是同父異母兄弟。

右方的朗誦者正是源博雅。

三月十九日，所有公卿各自分爲左、右二組，其他「念人」也在這一天選定。

所謂「念人」，並非實際參賽的人員，而是負責爲左方或右方加油的啦啦隊。

這場藝文活動薈萃一堂，代表當時平安京文化的貴族、文化界人士、樂人、藝術家等人皆參與了。

如此，天德四年三月三十日，下午四點——上述的和歌競賽開幕了。

二

博雅正在喝酒。

地點是安倍晴明宅邸那面對庭院的窄廊。

博雅盤坐在圓草墊上，將盛在琉璃杯內的酒送到口中。

那是異國酒，以葡萄釀造而成的胡國之酒。

晴明身上寬鬆地披著狩衣，立起單膝，背倚柱子。膝前也有盛滿異國葡萄酒的琉璃酒杯。

春天已近尾聲，初夏即將來臨。

此時是夜晚。

晴明、博雅之間擱著一盞燈火，幾隻小蟲飛舞在燈火四周。

庭院中雜草叢生。

茂盛的新生夏草已長得比繁縷㉘、野萱草等春草還高，這些春草埋沒在夏草之間，逐漸分辨不清。

說是庭院，倒不如說是原野。

雜草與樹木，隨心所欲地在晴明庭院中自由生長。這些嫩草與綠葉的馨香，融入、飄盪在黑暗中。

博雅呼吸著夾雜胡酒香與草香的大氣，頗有感觸地喝著酒。

庭院深處有株櫻花樹。是八重櫻。葉間密密麻麻開滿了粉紅色櫻花，令枝頭承受不住重量而低垂。

另外也有棣棠花，纏在老松上的紫藤則掛著幾串藤花。

當然，由於八重櫻、棣棠、紫藤都開在黑暗中，顏色與形狀並非清晰可見。只是，比起用眼睛看，花與葉的馨香更強烈地主張花草本身的存在。

「晴明啊……」博雅望著庭院深處說。

「什麼事？博雅……」晴明的粉紅雙唇含著微笑回問。

㉘繁縷（はこべら，hakobera），學名*Stellaria media*，一至二年生草本。莖被毛。葉卵至圓形，具緣毛，兩面光滑，基部鈍至圓形，有柄。為春天七草之一。俗名鵝腸草或雞腸草。

「我覺得，好像並非眼睛看得到的東西才存在於這世上。」

「什麼意思？」

「例如，藤花。」

「藤花？」

「雖然看不到藤花開在庭院何處，可是，藤花那令人陶醉的香味還是會傳過來。」

「唔。」晴明微微點頭。

「你跟我，其實也是一樣道理，晴明……」

「是嗎？」

「今天與你見面之前，我們不是彼此都在不同的地方嗎？雖然彼此都在對方看不到的地方，可是，一旦見了面，你和我卻又同時存在於這裡。這不就表示，即便看不到對方，但我們都確實存在於這世上嗎？」

「唔。」

「我剛剛說的藤花，它的味道也是同樣道理。明明眼睛看不到藤花，但藤花的味道卻毫無疑問存在於這庭院中。」

「博雅，你到底想說什麼？」

「我是說，晴明，我認爲，所謂生命，也許正是這樣的一種存在。」

「生命？」

「對。例如，這庭院中不是有雜草嗎？」

「唔。」

「可是，就算它是野萱草，我們看見的也不是野萱草的生命。」

「這話怎說？」

「我們所見的，只不過是有著草的顏色、名爲野萱草的一種草的形狀而已。我們看見的並非它們的生命。」

「唔。」

「你和我也一樣。我現在看到的，只是個形狀是人，且是我非常熟悉、名爲晴明的男人的臉而已，我看到的不是名爲晴明的那個生命。你也一樣，你看到的只是名爲博雅這個男人的形狀與顏色而已。你看到的不是我的生命。」

「原來如此。」

「你懂我的意思嗎？」

「然後呢？」

「然後什麼？」

「博雅啊，接下來你要問我『我講的道理怎樣？』才行呀。」

「沒怎樣啊，就是這樣而已嘛。我只是想告訴你，即使眼睛看不到，生命也依然存在於這世上。」

「博雅，你現在說的事，可是非常玄妙的眞理喔。一般陰陽師或和尚也不見得能懂。」

「是嗎？」

「正是。你聽好，博雅，你剛剛說的，跟咒的基本原理有關。」

「又是咒？」博雅皺起眉頭。

「正是咒。」

「等一下，晴明，我剛剛好不容易才覺得似乎理解了一些事情，正心滿意足地喝著酒。要是你再提到咒，我現在這種愉快的心情很可能會飛走。」

「別擔心，博雅，我會講簡單一點……」

「眞的？」博雅不安地喝了一口酒，再擱下琉璃酒杯。

「嗯。」

「好吧，既然如此，晴明，我就乖乖聽你講，但拜託儘量說得簡短些。」

「那麼，我先講一下宇宙吧……」

「宇宙？」

宇，就是指天地、左右、前後——亦即空間。

宙，就是指過去、現在、未來——亦即時間。

這時代，中華文明已將這兩者合爲「宇宙」一詞，做爲認識世界的用詞。

「這世上的人，都利用『咒』來理解存在於天地間的事物。」

「啊？」

「也就是說，人，都是利用『咒』這個手段來理解宇宙間的事物。」

「什、什麼……」

「換個說法吧，宇宙是基於人的『視覺』而存在。」

「聽不懂，我聽不懂，晴明。你不是說要講簡單一點？」

「那，講石頭吧。」

「唔，嗯，眞的是石頭？」

「是石頭。」

「石頭怎麼了？」

「例如，某處躺著一塊石頭。」

「嗯，有塊石頭躺在地上。」

「假若那東西還未被取名爲『石頭』，也就是說，那只是塊沒有名字、又硬又圓的東西。」

「可是，石頭不就是石頭嗎？」

「不，那東西還未成爲『石頭』。」

「啊？」

「要有人看到它、爲它取名爲『石頭』……簡單說來，要有人爲它下『石頭』這個咒，宇宙間才會出現『石頭』這東西。」

「聽不懂！不管有沒有人爲它取名，那東西自古以來就存在了，往後也會一直存在吧？」

「嗯。」

「既然如此，那東西存不存在，都與咒無關吧。」

「但是，如果不是『那東西』，而是『石頭』的話，便不能說毫無關係了。」

「聽不懂！」

「那我問你，『石頭』到底是什麼東西？」

「啊？」

「『石頭』本來便是『石頭』。」

「唔，嗯。」

「如果有人用那石頭打死了另一人……」

「嗯。」

「那石頭便會化爲『武器』。」

「你說什麼？」

「本來只是一塊石頭，但透過某人利用它打死另一人的行爲，那石頭便等於讓人下了『武器』這個咒。以前我也講過有關石頭的比喻，怎樣？這樣講的話，你懂嗎？」

「我、我懂……」博雅點頭。

「道理是一樣的。」

「哪裡一樣？」

「我的意思是，本來躺在地上那塊又硬又圓的東西，只是塊又硬又圓的東西而已，最初什麼也不是。但是，有人看到它，爲它取名爲『石頭』。換句話說，在那東西下了『石頭』這個咒，所以這世上才會有『石頭』這個存在。這樣不就行了？」

「不行！」

「爲什麼不行？」

「喂，晴明，你是不是又在騙我？」

「我沒騙你。」

「不，你在騙我。」

「那，我再舉例說吧，和歌也是咒的一種。」

「和歌？」

「沒錯。假若我們內心很煩亂，卻不明白到底爲什麼而亂。於是我們作了一首和歌，把心情寄託在和歌詩詞上後，才終於恍然大悟。」

「恍然大悟什麼？」

「恍然大悟我們原來戀慕著某人。有時候，人必須在自己的內心下『和歌』這個咒，使之成爲語言，才能理解自己內心的感情……」

「所謂『咒』，是語言？」

「差不多吧，至少很類似。」

「類似？」

「雖類似，但語言並不等於咒本身。」

「是嗎？爲什麼？」

「語言只是盛咒的容器。」

「啊？」

「咒這個東西……暫且先以神來比喻吧。咒，是祭神時，奉獻給神的供品。而語言正是盛供品的容器。」

「我還是聽不懂，晴明。」

「先有『悲哀』這個詞，我們才能將內心這樣的感情盛載在『悲哀』這個詞中。光是『悲哀』這個詞，不能成爲咒。要在這個容器內盛入內心悲哀的感情，這世上才會出現『悲哀』這個咒。咒，無法單獨存在於這世上。咒，必須盛在語言、行爲、儀式、音樂、歌曲等各種容器內，這世上才能萌生『咒』這種東西。」

「唔，唔……」

「比如說，當你陷於『心愛的人兒呀，我想見妳卻見不到，每天很悲哀』的感情時，博雅，你能夠光從『悲哀』這個詞中，單單截取出悲哀的感情給別人看嗎？」

「……」

「反過來說，如果不利用任何語言，也不畫成圖畫，任何事都不做，甚至不呼吸、不喘氣，什麼都不做，你能向別人表達內心悲哀的感情嗎？」

「……」

「語言與咒，說穿了，正是這種關係。」

「……」

「總之，我們都無法從我或你身上截取出『生命』給別人看，兩者道理

都是一樣的。」

「……」

「所謂『生命』，必須盛在我或你身上，或庭院中的草、花、蟲等所有生物中，別人才看得到，『生命』也才能顯現於這宇宙中。缺乏容器，光是取出『生命』的話，是無法讓別人感覺到你的『生命』的。」晴明微笑著說明。

博雅臉上仍是一副不滿的表情。

「看吧，結果跟我說過的一樣吧！」

「什麼一樣？」

「只要你一提出咒的話題，我一定會如我所預測的，搞到最後，丈二金剛，摸不著頭腦。」

「沒那回事，其實你最懂得咒的道理。」

「可是，我剛剛那種愉快心情，已不知道飛去哪兒了。」

「那眞是抱歉。」

「不用抱歉。」

「不過，博雅，剛剛我聽了你的話，眞的大吃一驚。因爲你總是不需要多餘的理論，也不需要思考，便能直接掌握事物的本質。這並非一般人辦得到的……」
「晴明啊，你這是在讚賞我？」
「那還用說。」
博雅半信半疑地望著晴明，說：「那我就安心了。」接著喃喃自語：
「雖然不知道爲什麼，可是你好像眞的是在讚賞我。」
「與其聽陰陽師無聊的胡言亂語，不如聽你吹笛要來得心曠神怡……」
「話雖如此，晴明啊，去年也是這樣，每逢這個季節，我總會想起一件事。」
「什麼事？」
「前年舉行的和歌競賽。」
「喔，對了，那也是現在這個季節。」
「三月三十日……那時，櫻花開了，藤花、棣棠也開了……」
「我想起來了，是玄象琵琶失竊那年吧？」
「那時，爲了奪回遭異國鬼偷走的玄象，你不是跟我一起去羅城門嗎？」
「嗯。」
「剛剛你提到和歌，又讓我想起壬生忠見大人的事了。」
「是那位以和歌說他正在戀愛的忠見大人……」

「只要一想到忠見大人，就覺得剛剛你說的那些，的確很有道理。」
「我剛剛說了什麼？」
「你不是說，和歌也是一種咒？」
「喔，是那個……」
「說眞的，和歌競賽那時，我也出盡了洋相……」博雅搔搔頭。
晴明聽後，咯、咯、咯地強忍住笑聲。
「博雅，你那時朗誦錯和歌了吧。」
「別再提當時的事。」
「是你自己提出來的嘛。」
「我沒事提起這件往事幹嘛？」
「你問我，我問誰？博雅……」
博雅似乎回憶起某事，抬起臉望向昏暗的庭院。
「我總覺得，那個輝耀的夜晚，好像已是很久很久以前的一場夢了……」
「每一場宴會，一旦成爲過去，即便是昨晚的宴會，也會讓人覺得好像是很久很久以前發生的事。」
「嗯。」博雅直率地點頭，再喃喃自語般低聲道：「晴明啊，你說得一點也不錯。」

㉙創設於西元八一〇年，唐朝官名為黃門署。本為掌管收藏皇室所有文書與道具的倉庫，日後逐漸掌管所有宮內舉行的例行活動與諸多雜務。明治維新後廢止。
㉚おにのま（oninoma）。因南方牆壁有白澤王斬鬼繪，故稱「鬼間」，是女官休息室。
㉛だいばんどころ（daibandokoro）。位於「鬼間」之北，有天皇用餐時的餐桌，上擱各色料理。這兒也是女官休息室，除非特殊情況，男子不能進入。

三

天德四年三月三十日。

申時——大約午後四點，宮廷和歌競賽開幕了。

地點在清涼殿。

當天早朝，藏人所㉙的雜役便進宮處理會場的事前準備。

清涼殿西廂——也就是橫跨鬼間㉚、台盤所㉛、朝饗間㉜，總計約七間㉝長的場地，四周都掛上新垂簾，中央是天皇寶座，擱著天皇御椅。御椅左側豎立屛風，另有一張擱置物品的桌子。

御椅左右兩旁是女官席位。而連結清涼殿與後涼殿之間的中渡殿㉞，則設有以左大臣藤原實賴、大納言㉟源高明為首，左右兩方三品官以上的公卿席位。

根據正式紀錄《御記》㊱，天皇於申時現身入座。

首先，左右兩方各向天皇獻上和歌沙洲盆景。

所謂沙洲盆景，是仿海濱景色的庭園式盆景。

沙洲盆景有兩種。

一是擱置未朗誦和歌的盆景，另一是擱置已朗誦完畢和歌的盆景。

㉜あさがれいのま（asagareino-ma）。天皇朝夕兩次用餐的房間，在一旁伺候的是上級女官與公卿、四品官位的藏人頭。位於台盤所之北。鬼間、台盤所、朝饗間三房，形成一長方形，再往北便是廁所、浴室。

㉝間，柱子與柱子之間的距離。平安時代，一間約十尺，一尺約三十．三二公分。

㉞位於台盤所西方，是連結清涼殿與後涼殿之間的中央走廊，西北與西南也各有走廊。三道走廊之間是面對庭院的窄廊。

㉟だいなごん（dainagon），右大臣之下。唐朝官名是門下侍中、黃門監。職務與左右大臣類似。

㊱村上天皇的日記，日期自西元九四七～九六七年。

由於左右兩方均需要兩種盆景，因而總計是四盆。

擱在天皇身邊桌上的，是未朗誦和歌的盆景，盆景內有左右兩方的和歌詩箋。

另一盆景放置已朗誦完畢的和歌詩箋，以便計算數量。天德四年的這場和歌競賽，盆景擱置在左右兩方一旁。

值得一提的是，和歌競賽時，左右兩方的服裝均有顏色區分。

左方是紅色，右方是藍色。

此外，左右兩方連薰香的種類也有區別。

有關這天的和歌競賽，許多人都留下記載或日記。

不但有左大臣留下的裁判紀錄，也有天皇命人寫下的正式紀錄《御記》，更有藏人私人記錄下天皇舉動的《殿上日記》，其他另有幾本以平假名寫下的《假名日記》等等。

實際上應該有更多記錄這場和歌競賽的私人日記，而紀錄爲數甚多，正說明了當時人們多麼重視這場和歌競賽。

所有記錄者都基於自己的視點來各抒己見，某些人記下的事，某些人卻一字未提。或許也可以說，當天有多少描寫和歌競賽過程的日記，便有多少不同氛圍的和歌競賽場數吧。

某位平假名日記的作者，在日記中這樣描述：

左方，典侍皆爲赤櫻襲唐衣，羅摺裳；命婦、藏人皆爲赤櫻襲唐衣，上淡下濃紫裳。薰香爲崑崙方㊲。右方爲藍色唐衣，同樣上淡下濃紫裳。薰香爲侍從。如此，天未黑，眾人翹首引領，無奈歌人遲遲不來。左方遲延，先奉右方。沙洲盆栽以沉香爲山，鏡爲水，上浮沉香船。銀龜二，龜甲內藏詩箋。沉香桌腳飾金線。淺香桌臺之被覆，四角各一串上淡下濃紅纓。青朽葉被覆繡柳、鳥。臺上懸柳枝。淺縹鋪墊。垂髫四人，身著白柳裳，自北方抬沙洲出現，其後右方殿上人，居首前來。北端置吟畢沙洲盆栽，旁侍殿上童。黃昏時分奉左方和歌。沙洲盆栽以沉香爲山，鏡爲水，銀鶴二，金棣棠飾銀葉，鶴嘴啣詩箋。紫檀桌腳飾銀線，其下桌臺爲蘇方，飾金線。被覆、纓子皆爲上淡下濃紫藤色，被覆繡葦文古歌。臺上懸銀竹，葡萄染鋪墊。垂髫六人，身著赤櫻襲，自南方抬沙洲朝獻。吟畢沙洲盆栽，置南端。

眼前彷彿可以浮現當時那五色繽紛、艷麗奪目的光景。

日記上描述，左方典侍全體穿著外白內紅十二單衣，下半身是單絲羅摺裙；命婦與藏人全體也是外白內紅十二單衣，下半身是上淡下濃紫裙。右方

㊲又名黑方，薰香名稱之一。用沈香、麝香、檀香等香木粉末加蜂蜜、木炭製成的香。總計有黑方、侍從、梅花、菊花、荷葉、落葉六種。

則全體統一爲藍色十二單衣。

右方沙洲盆栽桌臺是淺香木，上面再擱著沉香製成、雕飾桌腳的小桌，二者都是不同材質的桌子。

左方桌臺重視材質、木紋及顏色，右方則以罕見香木爲主。而且，材質顏色也以右方女官服裝的藍色爲基調。

左方沙洲盆栽的被覆，與桌臺顏色一樣，是蘇木紅的濃淡混合花文綾，上面有藤花折枝與草體假名書寫成河邊亂草般的五首和歌刺繡。

右方被覆則是與桌臺同色系的上淡下濃藍色花文綾，上面繡著折柳，一樣嚴守著花紋、色調的統一與對照。左右雙方的藤、柳刺繡，都與這回的和歌競賽題目有關，可看出製作人的一番精心。

沙洲盆栽的鋪墊，左方是紫色綺羅，右方是淺青色綺羅。連鋪墊也堅守左紅、右藍的基調顏色。

左右雙方的沙洲盆栽都用沉香摹擬小山，再利用鏡子當作水涓，然後，左方沙洲中央豎立著銀鶴，右方沙洲中央則擱置銀龜。

左方沙洲讓中央的銀鶴叼著棣棠花金製樹枝，右方在銀龜甲殼內藏著和歌詩箋。

左右雙方的沙洲盆栽均配合和歌題目，有關花木的和歌詩箋擱置在花木上，有關鳥類的和歌詩箋便讓鳥啣在嘴裡，情歌則擱在鸕鷀小舟上的篝火上。

雙方的沙洲盆栽，不但都利用了當時可以入手的金、銀、紫檀等珍貴材料，也含蘊當時的手藝精華，更竭盡心思精心設計出和歌題目的雅趣。

如此，傍晚開始，四周燃起篝火，大家面對美酒佳餚，進行和歌競賽。

宴會中，發生了兩件意外。

其中一件正與源博雅有關。

博雅是右方朗誦者，也就是說，他負責朗誦和歌。

這時，博雅拿錯了和歌詩箋。以鶯爲主題的和歌，本應連續朗誦兩首，博雅卻漏了一首，直接朗誦了下一個主題的楊柳和歌。

和歌競賽不允許重來一次。

> 因喪失其次朗誦的和歌，故爲負。

爲了避免競賽和歌順序錯亂，朗誦錯的和歌，與下一首無法朗誦的和歌，二者皆爲負。

白圭之玷，尚可磨也。此為今日之語。

《殿上日記》中如是記載。

這是引用《詩經・大雅》中的「白圭之玷，尚可磨也。斯言之玷，不可為也」。皇上以《詩經》的語句，來評論博雅當天的失誤，隱喻一旦失言，便無法改變。

博雅當時想必非常狼狽，冒了一身冷汗。

另一事件發生於和歌競賽的最後一場對抗。

輪到左方的壬生忠見對右方的平兼盛時，裁判藤原實賴無法立刻鑑別二者孰優孰劣。

忠見的左方和歌是：

迷戀伊人矣
我只自如常日行
風聲傳萬里
此情才萌發心頭
但望人人都不知

兼盛的右方和歌是：

私心藏密意
卻不覺形於言色
吾身之愛戀
怎的人人皆探問
為誰而若有所思

題目是「戀」。

這是最後一場的第二十首和歌對抗。

正當藤原實賴抱著胳膊愁眉苦目，左方朗誦者源延光再度大聲朗誦了同一首和歌：

「迷戀伊人矣，我只自如常日行，風聲傳萬里，此情才萌發心頭，但望人人都不知……」

結果，右方朗誦者博雅也不甘示弱，欲蓋住對方聲音般揚聲朗誦：

「私心藏密意，卻不覺形於言色，吾身之愛戀，怎的人人皆探問，爲誰而若有所思……」

博雅也同樣朗誦了右方和歌。

然而，裁判依然分不出優劣。左右爲難的實賴，只好向皇上稟告：

「這兩首和歌均極爲優秀，在下無法判決優劣，讓一方得勝、又讓另一方敗北。」

可是，皇上並未建議判爲平局。

「實賴，朕也知道你的苦楚。這首題目，雙方都非常傑出。然而，你還是必須判出勝負……」

二者各有千秋，值得讚歎。然亦須定勝敗。

皇上堅持要實賴選定某方。

裁判左大臣實賴一籌莫展，只好轉頭問：

「高明大人，您認爲怎樣？」

實賴打算讓右方大納言源高明判決，但高明只是謙遜地浮出恭謹的微笑，不發一語。

這期間，左右雙方隊伍中，接二連三依次傳出己方和歌的朗誦聲。

實賴頻頻窺視皇上臉色，想得知皇上到底喜歡哪一首，卻看不出來。他非常擔憂自己選擇了皇上不中意的和歌，因而遲遲無法判斷。

結果，實賴發現皇上似乎在喃喃細語。傾耳靜聽之下，才知道皇上似乎反覆唸著和歌。

暗地吟詠右方和歌。

實賴在自己所寫的判定紀錄上如此記載。

皇上口中唸的，正是平兼盛的〈私心藏密意〉。

源高明也聽到了，便在實賴耳邊悄悄說：「天色或許傾向右方。」意思是說，皇上喜歡的是右方和歌。

實賴這才下定決心，判定右方獲勝。

結局是：左方獲勝的和歌有十二首，右方獲勝的有三首。有五首平分秋色。

雖然源博雅因朗誦順序錯誤而連輸了二首，但即使右方的這二首都獲勝了，左方依然會大獲全勝。

競賽結束後，便是正式的宴會。眾人各自吃吃喝喝，唱歌的唱歌，對樂器有一手的人則演奏樂器。

某平假名日記的作者在日記中如此記載：

夜闌時分，勝負分明，眾人唱遊，不分彼此，律呂、民謠等此起彼落。左方，左大臣撫箏，朝臣宰相吹笙。重信之主載歌載舞，藏人重輔吹笛。其次實利朝臣引吭高歌，琵琶聲錚錚然。

右方，源大納言彈琵琶，雅信宰相載歌載舞，大藏卿主伴奏，博雅主大篳篥，其次繁平撫箏，公正引吭高歌，羌管悠悠。

直至天明，酣暢淋漓，賓主盡歡。

此時，博雅也彈奏了和琴。博雅天生擅長音樂，甚至自己創作了〈長慶子〉這首曲子，想必廣博女官的喝采。

天下無不散的筵席。

散席時，《殿上日記》中記載：

東方終於發白，皇上退席。大臣以下均載歌載舞退去。

筵席持續到天亮，皇上退席後，大臣以下的眾公卿也相繼手舞足蹈地退席。

平安時代青史流芳的和歌競賽便如此結束了。但於日後，卻發生了一宗事件。基於此事件，天德四年三月所舉行的和歌競賽，益發令人刻骨銘心地記載於歷史中。

最後一場競賽，也就是第二十首和歌的競賽，與右方平兼盛爭強鬥勝的壬生忠見過世了。

根據史料，忠見因自己的〈迷戀伊人矣〉輸給兼盛的〈私心藏密意〉，嚥不下一口氣，竟患上拒食症，最後餓死了。

壬生忠見死後化爲幽魂，每晚都會出現於宮內。

四

「所以說，晴明啊……」博雅舉杯送到口中，「每逢這個季節，我總會情不自禁想起那時的宴會，以及忠見大人的事。」

和歌競賽已過兩年，博雅彷彿仍無法確實感覺這兩年歲月的流逝。

外面似乎吹起了微風。

庭院的花草在黑暗中隨著微風搖曳起來。

博雅自我陶醉地呼吸著混和濃郁植物馨香的大氣，有一杯沒一杯地喝著酒。

「原來世上也有那種鬼……」博雅說。

「鬼？」

「忠見大人啊。」

「喔，是忠見大人……」

「皇上何時得知忠見大人幽魂的事？好像是一年後吧……」

「凡是跟那男人立場類似的人，就算是不足爲怪的小事，只要一聽到皇宮內會出現幽魂，也會坐立不安吧。」

「那男人是誰？」

「皇上啊。」

「喂，晴明，我不是警告過你了，不能稱呼皇上爲『那男人』……」

「喔，差點忘了。」晴明滿不在乎地微笑著。

最初看到壬生忠見的幽魂而喧鬧起來的是工匠。

五

應和元年（西元九六一年）春季，爲了壬生忠見幽魂的問題，源博雅來到晴明宅邸。

換句話說，約是在天德四年宮廷和歌競賽宴會後的一年。

如同往常，博雅與晴明坐在面對庭院的窄廊。

離八重櫻開花時期尚早。

不過，庭院深處那株野櫻古木，開滿了令枝頭低垂的櫻花。

雖然無風，淡桃色櫻花花瓣還是零零落落地飄落。

一片花瓣飄落了，還未落在地上，另一片花瓣便已離開枝頭。

博雅是突然來的。身邊沒帶任何隨從，單獨一人徒步來到這兒。這男人，身分是殿上人，卻偶爾會如此率性而爲。

時刻未到中午。凝聚在庭院草叢上的朝露，還未完全蒸發。

「沒打擾你吧？」博雅問晴明。

「中午有一位訪客會來，反正還有時間。」晴明望著博雅，背倚柱子，「有事嗎？說來聽聽吧。」

「你知道宮廷內出現忠見大人幽魂的事嗎？」博雅問。

「是壬生忠見大人的幽魂吧。」晴明點頭。

「是的。」

壬生忠見是壬生忠岑之子，忠岑正是名垂青史的《古今和歌集》編纂者之一。忠見過世後，入選為三十六歌仙之一。

天曆七年（西元九五三年），正是天德四年的和歌競賽前七年，宮內也舉行了一場和歌競賽，忠見於那時用了眾多筆名參賽。之後，直至天德四年，每逢宮內舉行和歌競賽，他都會參加。

說他是和歌競賽慣手或許太難聽了，不過，在當時應可算是個小有名氣的和歌競賽人才。

三十出頭時，他當上了攝津㊳文書記錄地方官，是份卑職。以官位來說，是從八品上。

由於經濟拮据，每次上京參加和歌競賽時，他都寄居在朱雀門曲殿。曲殿是門警公務員住宿的地方，簡單說來，是門警值更室。

忠見每次都租借曲殿房間，寄居在那兒。

可見，壬生忠見在京城不但沒有朋友，也沒有能幫他介紹適當住宿的門路。

想必貞的經濟拮据。

㊳今日本國大阪府。

忠見只要在攝津聽聞有和歌競賽，必定一路省吃儉用來到京城，四處兜銷自己的和歌。

對忠見這種官位卑微的人來說，和歌競賽正是向殿上人推薦自己，並賺取外快的難逢良機。

去年春季，宮內的和歌競賽結束之後一陣子，壬生忠見的幽魂才開始出現在宮內。

和歌競賽結束第二天起，忠見便臥病在床。他患上了拒食症，任何東西都無法下嚥，逐日消瘦衰弱。若是硬要他吞下食物，他就會嘔吐。

即使總算吞得下稀飯了，也會立即嘔吐出來。全身消瘦到只剩下雙眼炯炯發光的地步。

人們都猜測，大概是忠見的〈迷戀伊人矣〉和歌輸給兼盛的〈私心藏密意〉，他才會患上拒食症。

兼盛與忠見的年齡相仿，兩人均是三十出頭。忠見臥病在床時，兼盛還特地去探病。這時的忠見，已消瘦得如同皮包骨。

兼盛去探病時，忠見睡在只鋪著草蓆的病床上。他見到兼盛時，疲弱地起身，小聲唸著自己那首和歌：

「迷戀伊人矣……我只自如常日行，風聲傳萬里，此情才萌發心頭，但

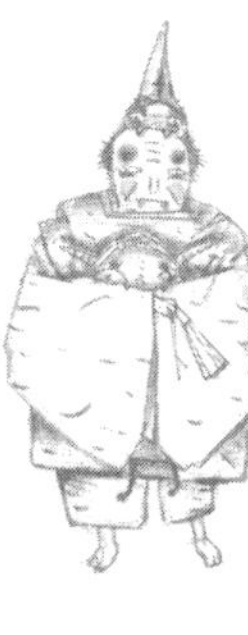

望人人都不知……」

忠見的臉雖面向兼盛，但眼神卻視而不見。不但沒換過衣服，似乎也沒洗澡，身上傳出一股野獸臭味。

兼盛探病回來後，曾向周遭人嘆道：「那模樣，已經形同厲鬼。」

和歌競賽結束後半個月，忠見便過世了。

據說，忠見過世時，消瘦得如同幽魂，人們抱起屍體時，發現他的體重不到原本的一半。

不久，忠見的幽魂便出現於宮內。每逢深更半夜，忠見的幽魂會出現在和歌競賽地點的清涼殿附近，口中喃喃自語，茹泣吞悲地朗誦自己的和歌。

他朗誦著自己的和歌，穿過仙華門，穿過南庭，來到紫宸殿，消失。

他不會做些什麼壞事，只是出現，邊朗誦自己的和歌、邊在宮內漫步，最後消失。如此而已。

並非許多人都看過他的幽魂，只有值班人偶爾會撞見他。可怕雖可怕，但若是不出現，宮內人還會拿他開玩笑：

「忠見大人今晚怎麼沒出現？」

「大概在苦心吟誦新作品吧。」

知道忠見幽魂出現的人，都認爲只要不傳至皇上耳裡，彼此心照不宣即可。

「可是，皇上終於知道這件事了。」博雅說。

「好像吧。」晴明右手支在下巴，點點頭。

「你早就知道了？」

「是工匠看到了幽魂吧？」

「正是如此，晴明……」博雅點頭。

目前，有眾多工匠在清涼殿工作。去年秋季，清涼殿因落雷而失火燒燬。爲了重建清涼殿，宮內自去年開始就在進行土木工程。工匠的工作時間是早朝至傍晚。

「不過，因爲皇上催促……」

因而自十天前起，有幾名工匠會留在宮內直至夜晚，以便加班趕工。工匠在現場燃起篝火趕工，有時會工作到深夜。結果，大概是六天前夜晚，湊巧有三名工匠留下來趕工，就這樣撞見了忠見的幽魂。

那晚，工匠聽見遠處傳來某種聲音。起初以爲聽錯了，傾耳靜聽之下，果然有聲音傳過來。那是男人的聲音。男人正悲切地吟詠和歌。

迷戀伊人矣……

隨著聲音傳來，工程進行到一半的清涼殿暗處也出現一道全身發出蒼白燐光的人影。

那人影，口中吟詠著和歌，在黑暗中往前漫步而來。人影似乎沒察覺佇立在現場的三個男人，走過清涼殿前……

我只自如常日行……風聲傳萬里……

男人邊吟詠邊往左拐彎。

此情才萌發心頭……但望人人都不知……

拐彎後，來到紫宸殿時，男人突然消失了。四周只剩下深濃黑暗。

連續兩晚都發生同樣的事。

總之，壬生忠見的冤魂化爲鬼魂，每夜出現在宮中，每次都喃喃唸著自己的和歌，最後消失在紫宸殿方向……這則小道消息，傳到皇上耳裡了。

「然後呢？」晴明問。

「皇上很在意，下令要人想辦法解決……」博雅低頭，眼角往上斜視，偷窺晴明的表情。

「是要我想辦法？」

「正是。」

「我也看過幾次忠見大人的幽魂，那是無害的幽魂。他根本不在乎其他人，只關心自己。事到如今，那幽魂其實也可說是必要的存在。」

「這話怎說？」

「簡單說來，因爲宮內目前整體的氣脈，包括那個忠見大人的幽魂在內，都非常穩定。如果硬要排除無害的東西，攪亂了安定氣脈，很可能會發生其他怪事，或許會招來更惡劣的幽魂。」

「晴明，既然你如此說，那應該是事實吧。問題是皇上不這麼想呀……」

「那男人……」

「喂，我不是說過不能這樣稱呼皇上嗎……」

「讓式神每晚到那男人寢室，在他耳邊喃喃細語，叫他不要理會忠見大人，這樣好不好？」

「萬一皇上知道是式神在搞鬼，晴明啊，你的性命恐怕很難保。」

博雅還未語畢，窄廊另一端便出現一個全身裹著十二單衣、嬌艷動人的女子，往這邊走來。

女子來到晴明面前，微微頷首報告：「約見的訪客大駕光臨了。」

「帶他到這兒來吧。」

晴明說畢，女子又微微頷首，往來時方向退去。

「那，我先退席吧……」博雅欲起身。

「不用退席，博雅，你就坐在原地。這位訪客來找我的目的，跟你剛剛說的事並非完全無關。」

「什麼意思？」

「因爲訪客正是壬生忠見大人的父親，壬生忠岑大人。」晴明說。

六

壬生忠岑身穿古舊、褪色的窄袖服裝，端端正正坐在晴明與博雅面前。忠岑是個老人，年歲大約八十有五了，耳朵上方露出白髮，外貌看似猴子。

晴明向忠岑介紹博雅。忠岑聽畢，低道：「是和歌競賽那天，那位右方朗誦者吧。」

壬生忠岑曾經是泉大將藤原定國㊴的隨侍，更是是貞親王㊵和歌競賽、

㊴第五十九代宇多天皇皇后的哥哥。

㊵第五十八代光孝天皇之子，宇多天皇的哥哥。和歌競賽舉辦於西元八九三年。

寬平御時后宮和歌競賽㊶、亭子院和歌競賽㊷的參賽歌人，因作詩才華受到宮中眾人賞識，而選派為《古今和歌集》編纂者之一。

延喜五年（西元九〇五年）的平貞文㊸和歌競賽時，左方第一首和歌正是忠岑的作品，也是《拾遺》的卷首和歌。

時已立春乎
吉野春日本遲遲
薄霞緣何至

同一年，泉大將藤原定國四十大壽時，忠岑也獻上一首屏風歌㊹；兩年後，忠岑扈從宇多法皇巡幸大井川時，也吟詠了和歌；又與紀貫之㊺各別留下〈假名序〉一文。

忠岑在《古今》之前的各種和歌競賽中，雖留下與紀友則㊻等人匹敵的和歌數量，但延喜七年的大井川巡幸之際，獻上作品以後，便沒再創造出能流傳後世的作品了。

理所當然，博雅也久仰這位歌人的大名。

「是，我是當時的朗誦者。」博雅回道。

㊶是光孝天皇皇后於西元八九三年，為了慶賀忠子內親王四十大壽，於後宮所舉辦的和歌競賽。
㊷西元九一三年三月，宇多法皇於亭子院所舉辦的和歌競賽。法皇，是出家後的太上皇之稱謂。
㊸第五十代桓武天皇的曾孫。光孝天皇皇后的姪子。
㊹配合屏風畫所作的和歌。
㊺歌人，也是《古今和歌集》編錄者之一。
㊻三十六歌仙之一。與紀貫之是堂兄弟。《古今和歌集》編錄者之一。

博雅的官位是三品，忠岑的官位是六品，按理說，彼此不可能正面相對坐在窄廊，不過，在晴明宅邸內，這是司空見慣的事。反而是博雅看似很尊重眼前這位比自己年長、又是著名歌人的忠岑。

「忠岑大人……」晴明望著壬生忠岑說，「這位博雅大人也是為了同一件事情而來的。」

「那麼，是為了忠見的事？」

「是。」晴明點頭。

「既然如此，博雅大人知道皇上下令鎮撫忠見靈魂的事嗎？」

「我正是來向晴明報告這件事的。」

「這……」聽博雅如此說，忠岑叫出聲，接著大大嘆了一口氣。

「有什麼問題嗎？」博雅問。

「博雅，忠岑大人的意思是，能不能將那時的第二十首和歌競賽，以另一首和歌重新競賽一次？忠岑大人認為這是鎮撫忠見大人冤魂的最佳方式。」

「重新競賽？」博雅問。

「當然是非公開的競賽。只要兼盛大人應允，我們三人與兼盛大人，共四人參加便可以了。這回請晴明大人擔任裁判，朗誦者與當天夜晚一樣，由博雅大人來……」

「可是，這到底又是爲何呢？」博雅問。

「是……」忠岑深深行了禮，「我就全盤托出吧。老實說，那首〈迷戀伊人矣〉並非忠見的創作。」

「是別人代寫的？」

「是的。」忠岑點頭。

「可是，別人代寫的創作很常見呀。至今爲止，也有很多人用他人代寫的和歌參加競賽。我不認爲這可以成爲重新競賽的理由……」晴明道。

正如晴明所言，這時期的和歌競賽參賽作品，並非全是作者的創作。有很多歌人拿別人的作品當作自己的創作參賽，這種行爲在當時很普遍，也廣受眾人認可。

「不過，雖然是別人代寫的……我就忍辱老實說吧，那首和歌的眞正作者，其實是鬼魂。」忠岑回道。

「鬼魂？」博雅尖叫起來。

「正是鬼魂。而且，不僅那首和歌，那天夜晚忠見的所有參賽和歌……不，至今爲止，我與忠見在和歌競賽會所提出的所有作品，眞正的作者其實都是鬼魂。」忠岑似乎已下定決心全部招出，一口氣說畢後，便噤口不語。

「全部都是鬼魂……」博雅道。

「是的。」

「爲什麼會如此呢?」

「說來話長,不過,我還是得說出來。第一次遇見那鬼魂時,是寬平三年㊼春季……」

「什麼時代?」

「距今七十年前,我十八歲那年……」忠岑回答,聲音夾雜著哽在喉嚨的痰。

七

我生長在貧窮地方官的家庭……

壬生忠岑開始敘述起來。

小時嘗盡了貧窮的滋味,因而自懂事以來,我便下定決心,無論如何也要上京求取更高的官位不可。

「官位低實在不行,除非是高官,否則根本無法過正常日子。」這是忠岑父親的口頭禪。

㊼西元八九一年。

忠岑很喜歡寫和歌。雖然寫得不是很高明，但孩提時代以來便會創作還算不錯的和歌。

忠岑想以和歌爲生，於是，每逢和歌競賽，就仰賴比蜘蛛絲還要細微的門路，拚命推銷自己的作品。然而，每次都失敗了。

若是有錢，不但可以得到更有力的門路，也可以增加推銷作品的機會。只是，忠岑不但兩袖清風，在京城也沒有門路與熟人。

爲此，他曾經詛咒過父親的無能，更怨歎過自己的身世。時日一久，他逐漸知道自己其實也缺乏和歌才能。

雖然作品還不錯，但僅只不錯而已，根本達不到可以參賽的基準。

話雖如此，自己卻分辨得出和歌的優劣。

只要聽到別人朗誦，便可以立即判斷出對方的作品水平。換句話說，可以分辨出傑作與凡庸之作。

忠岑察覺到這點。因此，他也深知自己的和歌才能到底有幾把刷子。

「具有和歌鑑賞能力，與自己能否創作和歌，似乎是兩回事。」忠岑說。

那年，忠岑又來到京城推銷自己的和歌，結果仍然力不從心，益發痛切領悟到自己的確缺乏和歌才能。

帶來的旅費都花光了，沒錢回故鄉，忠岑只好來到叡山。
算了，放棄和歌吧。如果這回能夠平安回鄉，大概不會再度上京了。往後不再寫和歌了。
忠岑懷著如此心思爬山，爬著爬著，情不自禁潸潸淚下。
時值春季。正是野櫻盛開季節。山徑前方，可見已開的櫻花。
野櫻枝頭因花瓣的重量而下垂，四周無風，櫻花花瓣卻繽紛飄落。
整座新綠山中，只有野櫻綻放那一帶輕飄飄包裹著一層朦朧白光。
這是多麼美的景色呀……
自己除了寫和歌以外，沒有其他任何才能。而這唯一的和歌才能，竟然又比別人拙劣。
忠岑年紀輕輕的，便已經看透自己的才能。
在忠岑眼裡，白色櫻花是悲哀的色彩。
這時，忠岑聽到不知傳自何處的莊嚴聲音。

淺綠原野望，野地似落霞
爛漫香又豔，美哉櫻花也

這是一首傑作。而且，似曾相識。奇怪，到底在哪兒聽過呢？

就在忠岑百思不解時，朗誦同一首和歌的聲音又傳到耳裡。

眞是奇怪。話又說回來，是誰在朗誦這首和歌呢？

那聲音似乎來自眼前盛開的櫻花叢中。不過，又似乎是從櫻花樹上方傳過來的。然而，櫻花枝頭上不見任何人影，附近也杳無人跡。

原來如此。原來是《萬葉集》。《萬葉集》中確實有這首作者不詳的和歌。

忠岑和著那莊嚴聲音，自己也跟著朗誦起來。

淺綠原野望，野地似落霞

那聲音剛唸完一句，忠岑便接口唸出下一句。

爛漫香又豔，美哉櫻花也

唸畢，櫻花樹幹上方突然灑落一串爽朗笑聲。

可是，無論忠岑再如何定睛細看，還是尋不著任何人影。

忠岑暗忖，難道是某個人們看不見，卻喜歡和歌的鬼魂？

一定是鬼魂看到山中盛開的櫻花，對櫻花那壯觀的美一見傾心，而不由自主朗誦出自己熟悉的和歌。

只是，即便對方是鬼魂，忠岑卻絲毫不覺恐怖。

那時，事情就這樣而已。

回到攝津國，過了幾天，某夜，忠岑又在冥思苦想。原來他又想作和歌了。

時值深夜。

然而，再如何絞盡腦汁，還是擠不出一句詞來。

看樣子，自從他領悟自己缺乏才能後，竟比往昔更寫不出任何一個字來了。

「立春……」忠岑唸出一個詞。

開頭的詞感覺還不錯。但後面應該接「想來已來臨」或接別的詞好，忠岑猶豫不決。

「立春……」忠岑再度唸出聲。

突然間，不知道從何處響起某人的聲音：「時已立春乎，吉野春日本遲遲……」

「吉野？」忠岑跟著唸出來。

「……薄霞緣何至。」某人的聲音結束了句子。

時已立春乎
吉野春日本遲遲
薄霞緣何至

一首和歌漂亮地完成了。

「是誰？」忠岑出聲問。

「是我，是我。」聲音回答。

「我？」

「是我啊。前幾天，我們不是在叡山見過了？」聲音說。

「是那時的？」

聲音沒回答自己是誰，反而問忠岑：「怎樣？要不要我幫你作和歌？」

「和歌？」

「是呀。你那時內心很懊惱，認爲自己缺乏和歌才能吧？」

「你自己不也是鬼魂？」

「沒錯，我正是你們所謂的鬼魂。不過，我也不是一生下來就是鬼魂。」

「是嗎……」

「你知道《萬葉集》中那首『淺綠原野望，野地似落霞，爛漫香又豔，美哉櫻花也』的和歌嗎？」

「當然知道。那天，在叡山櫻花樹下，你不是朗誦了這首和歌嗎？」

「這首作者不詳的和歌，正是我的作品。」鬼魂提高聲音。

「眞的？」

「我的作品中，如今除了這首還留在人世，其他還有一、二首。而且都是作者不詳。這眞是悲哀呀，眞是令人捶胸頓足呀。」鬼魂愈講愈激昂，「這樣的事能夠原諒嗎？」

嗷！

嗷！

鬼魂放聲大哭起來。

「我死後，正因爲太留戀這首和歌，才無法成佛，而成爲現在的鬼魂。」

鬼魂的聲音又說，變成鬼魂後，每逢看到漂亮櫻花，便會自然而然開口出聲朗誦起自己的和歌。

「你不想參加和歌競賽嗎？」

「想是想……」

「那就讓我作和歌。我來幫你作和歌，你再將我的和歌拿去參賽。」

「可以參賽嗎？」

「當然可以，因爲是我作的。」鬼魂回答。

鬼魂又說，你不是打算放棄和歌嗎？既然如此，這樣好了，和歌由我來作。你以能夠參加和歌競賽爲樂，我以我的和歌能在競賽會場中讓人朗誦爲樂。這樣不是很好嗎？

忠岑迷惘了一陣子，終於答應鬼魂的提議。

那以後，每當忠岑接到和歌競賽的通知，鬼魂便會出現。

「我來了。」鬼魂每次都這樣說，「這回要寫什麼好呢？對了，這樣如何？」而且每次都興高采烈地幫忠岑創作和歌。

如此，一年過了，三年又過了……

「結果，那鬼魂也附身在兒子忠見身上，直到今日。」忠岑向晴明與博雅說。

八

「原來如此，我大致理解了事情的來龍去脈。話又說回來，那鬼魂，現在怎麼樣了？」聽畢忠岑的說明，晴明開口問道。

「鬼魂與忠見一起到京城後，直至今日，將近一年了，我都沒再聽到他的聲音，也不知道他現在到底在哪裡。」忠岑回道。

「原來是這麼一回事。」

「是。不過，事情還未結束。」

「還有什麼嗎？」

「請你們看一下這個……」

忠岑從懷中掏出一張紙片，遞給晴明。

晴明打開紙片。紙片上寫著文字。似乎是一首和歌。看完紙片上的文字，晴明輕聲叫了出來。

「到底是什麼……」博雅在晴明一旁探頭看紙片，看畢，也輕聲叫了出來。

紙片上寫著如下的和歌：

吾身之愛戀
我只隱於言色後
私心藏密意
怎的眾人皆探問
為誰而若有所思

「晴明，這……」博雅開口，「這跟兼盛大人的和歌不是很類似？」

「的確很類似……」

「到底是怎麼回事？」

「忠岑大人，這到底是誰作的和歌？」晴明問道。

「這是我編纂《古今集》時，未收錄其中的眾多和歌之一。」

「爲什麼與兼盛大人的和歌這麼類似？」

「不是這首和歌與兼盛大人的類似，而是兼盛大人的和歌與這首很類似。」

「你是說，兼盛大人是以這首和歌爲底本，創作出他那首〈私心藏密意〉？」

「是。」

「裁判的實賴大人與皇上，知道這件事嗎？」

「我想，大概不知道……」

以某首和歌爲底本，再作出與底本類似的另一首和歌——這種方式在當時是眾所周知的和歌創作手法之一。

然而，若是在和歌競賽會中提出這種模仿和歌，無論該和歌再如何出眾，也會得到負分的結果。尤其碰到得分與對手旗鼓相當時，如果對方的和歌沒有任何藍本，而是新創作，那麼，理所當然是新創作得勝。

總之，若按照這種規矩來看，兼盛的和歌理應敗給忠見的〈迷戀伊人矣〉。

但事實上，兼盛獲勝了。

「不過，這件事，責任不在兼盛大人身上。」忠岑說。

在這場和歌競賽中，若果眞有不得不批評的人，對象應該不是兼盛，而是身爲裁判的藤原實賴與推薦兼盛和歌的皇上。眞要追究起來，責任在於裁判與皇上的和歌涵養不夠精深。可是，既然勝負的裁判源於天皇的意向，總不能正面去指責天皇的錯誤。

「原來事情的眞相是如此。」晴明抱著胳膊，閉上雙眼。過一陣子，才睜開雙眼說：「總之，我們三人一起去見忠見大人，也是不壞的主意吧。」

「這麼說來，晴明大人是願意幫忙了……」

「幫得上忙或幫不上忙，我還沒有把握。」

「那，接下來該怎麼辦？」

「即便要去，也得今晚才行。忠岑大人，您就趁機去觀賞一下京城的櫻花吧，夜晚時，麻煩您再來一趟。」

「是，夜晚一定來。」

「博雅，你也可以來吧？」

「當然可以。」博雅回道。

「那麼，忠岑大人，離去之前，麻煩您隨身帶著一樣東西。」晴明說。

「什麼東西？」

「是一種類似符咒的東西。只要隨身帶著這個，您便可以安心在京城的大街小巷亂逛了。」

晴明抬起臉，雙手砰砰擊了兩下，呼道：

「青蟲呀，青蟲呀，幫我準備一下筆墨。」

不久，方才來報告忠岑來訪的那個女子，拖曳著十二單衣的下擺出現了。

女子雙手捧著筆墨紙硯的盒子。

晴明親自磨墨，拿起筆、紙，將紙舉高，不讓博雅與忠岑看到內容，在紙上沙沙寫了一些文字。

待紙上的墨乾了後，將紙摺疊起來，向忠岑說：

「把這個收入懷中，您就可以去賞櫻了……」

「不賞櫻不行嗎？」忠岑接過符咒，問道。

「這跟今晚的事並非全無關係，請您務必……」

「是。」忠岑將疊好的紙張收入懷中。

「博雅，反正離夜晚還有時間，趁現在叫青蟲去買些美酒回來吧。」

「酒？」

「嗯。忠見大人去賞櫻這段時間，我們大概會凍得受不了。」晴明不干己事地說。

九

紫宸殿前——

黑暗籠罩四周。

雖然月亮高高掛在上空，灑下蒼白月光，但大門與建築物的陰暗處，依然殘留著深濃黝黑。

地面上鋪著蓆子，晴明、博雅與忠岑坐在其上。

三人手中各自舉著酒杯，正在喝酒。

在一旁斟酒的是青蟲。

「博雅，怎樣？果然應該帶酒來吧？」

「唔，嗯……」博雅勉勉強強點頭。

夜已深沈。

今晚，沒有任何工匠留在清涼殿趕工。自從聽說忠見的幽靈會出現後，大家都在天黑前收工回去了。

「忠見大人今晚會出現嗎？」博雅問。

「總是會出現的。」晴明將酒杯送到紅脣邊。

不久，清涼殿方向傳來響亮聲音。

迷戀伊人矣……

「來了……」晴明低聲道。

我只自如常日行，風聲傳萬里……

那聲音逐漸挨近。

不僅聲音。另有某種動靜隨著聲音一起朝紫宸殿這方向移動。

「晴明，那是忠見大人……」博雅也悄聲道。

月光中，出現了一道全身發出蒼白燐光的人影，自清涼殿往這邊走過來。

一步……

兩步……

壬生忠見遲緩地往前跨出左右雙腳，慢條斯理地走來。

此情才萌發心頭……

細微的聲音，絲線般往前伸展。

「忠見……」

忠岑呼喚兒子，但忠見恍若周遭無人，瞥也不瞥忠岑一眼。

一切都視而不見，只是一步又一步走過來。

忠見的雙眼，凝視著虛無。

但望人人都不知……

最後一句，宛如微微發光的蜘蛛絲，在月光中細長伸展，然後驟然消失。

當聲音停止，忠見的影子也同時消失了。

博雅茫然自失地佇立原地，接著喃喃自語：

「晴明，原來這世上竟也有那種鬼魂……」

此時，呆呆站在忠見消失蹤影的清涼殿前的忠岑，突然發出細微聲音呼喚兒子：「忠見……」

那聲音很奇妙。

「忠見，忠見呀……」

聲音與忠岑方才的聲音不一樣。

「忠見，忠見，原來你變成這個模樣了，忠見呀……」

忠岑抬起臉，雙眼在月光下閃閃發光。是淚水。

原來忠岑在哭泣。

「忠岑大人……」博雅想上前安慰。

「慢著，博雅，那人不是忠岑大人。」

「什麼？」

博雅停住腳步，仔細望著本以為是忠岑的那男人。

那男人扭曲著嘴，露出牙齒，正在放聲大哭。

「怎麼回事？晴明，到底怎麼回事？這男人是誰？」

「是連續兩代都附身在壬生忠岑大人、忠見大人父子那個鬼魂。現在正附身在忠岑大人身上。」

「晴明，這是你設計的？」

「是的。我在紙上寫了鬼魂的那首〈淺綠〉和歌，當作符咒，讓忠岑大人帶出去賞櫻，呼喚他來。所以鬼魂附身在忠岑大人身上，跟他一起來到這兒。」

晴明走到忠岑面前，向附身在忠岑身上的鬼魂問道：

「和歌競賽時，到底發生了什麼事？」

然而，鬼魂卻不回答。鬼魂抱著頭哀嘆：

「啊，忠見呀，對不起。是我害你成為那樣的鬼魂。是我害你變成和我同類的鬼魂。」

「到底發生了什麼事？」晴明再度問。

「那男人……忠見那小子，他不讓我代他作最後一首和歌。那小子，堅持要自己作，而且也實際作了……」

「是那首〈迷戀伊人矣〉嗎？」

「正是。忠見第一次在和歌競賽中提出自己眞正的創作，結果卻敗給對方了。」

「這樣的話，我就能理解了。」

「你能理解什麼？晴明，你說，你們陰陽師能理解什麼？陰陽師只能像現在這樣，隨意把我們捕捉來又放走而已。這能代表你們理解了什麼嗎？」

「你很喜歡忠見父子吧？」

「那還用講？當然喜歡。我喜歡他們。他們熱愛和歌，也理解和歌，只是缺乏創作和歌的才能。所以他們才會需要我。」

「……」

「我和他們父子一起作和歌時，眞的很快樂。尤其是這回的和歌競賽最快樂。至今爲止，宮中從未舉行這麼豪華的和歌競賽。所以我也興高采烈地和他們共同創作和歌。來吧，忠見，看下一首是要什麼樣的和歌……」

「話說回來，是忠見大人自己說要自己創作的？」

「是啊。他堅持要自己作，堅持這回一定要自己作。所以我就對他說，那你自己試試看，自己作吧。無論是什麼樣的和歌，我一定在幕後舞弊讓你贏……」

「忠見拒絕了？」

「拒絕了。他要我別在幕後多管閒事。他說，他要以自己的實力挑戰這場勝負……」

「結果，他那首和歌與兼盛大人排在一起，成爲最後一首的對抗？」

「正是。我向忠見保證說，我可以隨時隨地在幕後讓他贏。和歌競賽那晚，我也在場。事前我就向忠見說過了，我一定在場，一定會在現場，萬一，即便仰賴我的力量也想贏過對方的話，只要站起來大聲說『我一定要贏』，我就會馬上讓他贏。我還在喔，我還在現場喔，忠見呀，我就是想讓你知道我還在現場，才在朗誦者耳邊悄聲舞弊，讓他唸錯了和歌。難道你不認爲朗誦者唸錯和歌很奇怪嗎？那時，你應該也知道我還在現場吧？」

「什麼？那是你幹的好事？」博雅粗暴地嚷出來。

「是啊，正是我……」

「既然如此，你爲什麼要對忠見說抱歉？」晴明再度逼問。

「我本來打算不管忠見贊成或拒絕，都絕對要讓他贏。可是……」

「可是什麼？」
「兼盛提出的和歌，是我的作品。」
「你的？」
「吾身之愛戀，我只隱於言色後，私心藏密意，怎的眾人皆探問，爲誰而若有所思。」
「這不是兼盛大人那首和歌的底本嗎？」
「是兼盛篡改我的和歌提出來了。而且，唉，兼盛提出的和歌，竟然改得比我原本那首還要傑出……」
鬼魂的聲音顫抖，左右搖晃著忠岑的脖子。
「那時，我的心簡直要支離破碎了。到底要讓哪一方贏？我下不定決心。迷惘了很久，只好拋出一切。換句話說，我臨陣脫逃了。我將勝負結果交給上天去決定。結果……」
「兼盛的〈私心藏密意〉贏了……」
「正是如此。」
「……」
「然後，那小子死了，死後變成那般模樣。我沒想到那小子竟是那麼倔強的男人，我沒看透他的性格。」

「原來事情是這樣。」

「晴明，你打算讓我怎樣？把我消除嗎？」

「不。」

晴明伸手探入忠岑懷中，抽出那張寫著和歌的紙。

忠岑滿面悲容地望著晴明，小聲喃喃自語：

「其實你可以把我消除的……」

鬼魂凝視著遠方，過一會兒，哀戚地微微一笑，接著，呼一聲，某種東西從忠岑體內脫落般，忠岑恢復了原來的表情。

「晴明大人，怎麼回事？發生了什麼事嗎？我剛剛到底怎麼回事了？」

「鬼魂附在您身上了。」

「鬼魂？」

「待會兒再詳細說給您聽，總之，一切都解決了。」

「忠見呢？」

「忠見大人的事，沒辦法改變了。那種幽魂，我無法應付。聽任他去是最佳解決方式。皇上那邊，我來負責說服吧。」

「晴明，那鬼魂呢？」

「走了。」

「去哪裡？」

「會去哪裡呢？我也不知道。」晴明低聲自語。

結

「想想，那時的確發生過那樣的事。」博雅坐在窄廊，百感交集地喝著酒。

離當時又過了一年，春天再度返回。

「晴明啊，你說，忠見大人今晚又會出現嗎？」

「應該會吧。」晴明恬靜地回道。

「不知怎麼回事，我突然很想見忠見大人。」

「說得也是。」晴明點頭。

「要不要去看看？」

「走。」

「走。」

事情就這樣決定了。

晴明和博雅提著盛酒的瓶子，漫步在夜風中，往皇宮方向前進。

「不知道忠見大人會不會喝酒？」

「這就很難說了。」

兩人有一句沒一句地信步而行。

「晴明，今晚月色眞美……」

博雅輕聲地自言自語。

俯臥巫女

一

此世即吾世
如月滿無缺

據說這是藤原道長讓女兒威子當上皇后時，在晚宴上吟誦的和歌。

藤原道長是平安時代中期，於宮廷政治鬥爭中大獲全勝的人物，在宮中大權獨攬。

法號行覺，官位從一品，是藤原兼家①的五男。極爲疼愛《源氏物語》作者紫式部，爲了讓紫式部在宮廷沙龍抬高聲望，曾做了不少貢獻。

由於自家人先後出現三位皇后，周遭人也曾稱道長爲「一家三后」。

話雖如此，他在和歌首句便一口咬定「此世即吾世」，實在非同小可；將自己比喻爲月亮，豪言壯語說自己「如月滿無缺」，更是不得了。

即便因酒醉而大言不慚，也可知他自信之滿，還作成如此和歌，眞是令人無言以對。

當事人很可能自以爲幽默，但此話出自道長口中，便絲毫都不好笑了。

即使身分是部長，若漠視董事長的存在而說出「這公司是我的」、「是

①西元九二九年～九九〇年。本來是大納言兼右大臣，由於次兄兼通當上輔助天皇總理宮內所有職務的「關白」，一直阻擾自己升官，於是兼家於五十八歲哄騙花山天皇出家，讓外孫一條天皇即位，自己則當上了攝政。

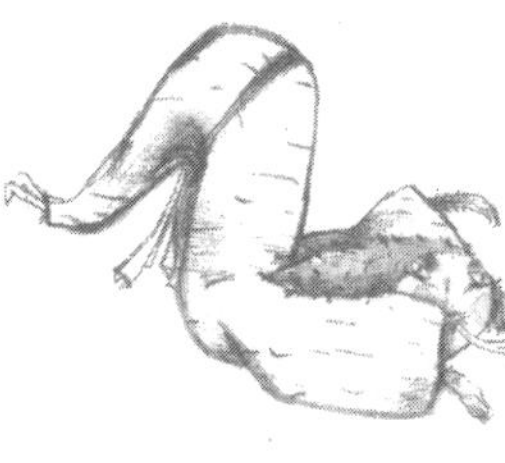

俯臥巫女

我將公司拉拔到今天的地位」，恐怕會馬上遭人抓住話柄，挖牆根、扯後腿地拉下部長寶座。

況且，也不是在某家酒吧向身邊人說悄悄話，並囑咐對方不要聲張的那種可愛作法。

分明是明知故犯。

這等於是在董事長孫子的婚禮中，面對部長、董事長、總經理等眾多公司相關人員，於賀詞中說出「這公司是我的」一般。

就算董事長孫子的結婚對象是自己的女兒或孫女，通常也沒人膽敢如此大言不慚。

大概道長對自己的地位信心十足，認爲這種程度的發言不會影響到自己的存在吧。

或許也可以說，藤原道長是個與源博雅這種好漢子完全相反的人。

然而，這並非表示道長是個毫無魅力的人。

在塑造小說角色的過程裡，他倒是個很有意思的人物。

不過，這回的故事主角不是道長。但也並非與道長完全無關。

故事主角是道長的父親藤原兼家。此時，道長剛出生不久，僅有兩歲。

時值安和元年（西元九六八年），夏季。

當然，安倍晴明與源博雅均在世。

二

午後陽光，眩目地照射在庭院。

這幾天，傍晚都會有雷陣雨，庭院的草叢與樹木吸滿了水，在炎夏陽光下長得更加茂盛。

天氣熱得讓地面簡直要滾燙起來，但窄廊周圍恰好在屋簷陰影下，或多或少有風吹來。

晴明與博雅在窄廊相對而坐。兩人正在吃瓜果。

盤上盛著切好的瓜果，那瓜果又香又大。

博雅與晴明雙手捧瓜，邊讓果汁自指間不停滴落，邊吃著。

新鮮甘甜的瓜果香味，融在涼風中。

晴明穿著白色狩衣。雖看似大嚼著瓜果，但身上那寬鬆的狩衣卻沒沾上任何一滴果汁。

「這瓜眞大。」晴明說。

「嗯，好吃。」博雅點頭，用手指擦掉沾在嘴邊的果汁，將瓜皮擱回盤

子，問道：「可是，晴明啊，你眞的那麼想吃瓜嗎？」

今天早晨，有隻嘴巴啣著信箋的白鷺飛到博雅宅邸，信箋上寫著晴明的口信。

「中午左右，要不要帶一兩個瓜果來我家玩？」

「去。」

博雅在信箋寫上回言，白鷺又啣著信箋飛回去了。

如信箋所言，博雅帶著兩個瓜果，來到晴明宅邸。

晴明雙手撫摸了一會兒博雅帶來的瓜果，接著說：「現在就吃吧。」

於是，切了瓜果，兩人便在窄廊上吃了起來。

「不，不是想吃瓜。」

晴明也將瓜皮擱回盤子，濕潤的鮮紅雙脣閃閃發亮。

「那麼，你是故意讓我提著你不想吃的瓜果來的？」

「不，我不是不想吃瓜。我的意思是，不是因爲想吃瓜才叫你帶來的。」

「那，是爲了什麼？」

「可以說是爲了工作吧。」

「工作？」

「有人爲了瓜果託我解決一件事，待會兒必須出門一趟。所以，出門前想再確認一下眞正的瓜。」

「喂，晴明，你在說什麼？我聽不懂。」

「就是爲了這瓜果，有人託我處理一件事。」

「誰？」

「藤原兼家大人。」

「藤原兼家大人，不就是前些日子剛升官的那位從三品大人嗎？」

「嗯。」

「這回他總算趕上他哥哥，得到從三品官位。宮中都傳說他很能幹。」

「我也聽到這消息了。」

「聽說兩年前又添了第五個兒子。」說到此，博雅歪著頭，「爲什麼那位兼家大人跟瓜有關？瓜和你，又有什麼牽連？」

「別急，博雅，你聽我說。我會一五一十說給你聽……」

「好。」

「要說兼家大人之前，我先問你，你聽過俯臥巫女的事嗎？」

「俯臥巫女？」

「嗯。」

「聽過。聽說有個非常漂亮的女人，會替別人占卜，大概是她吧？」

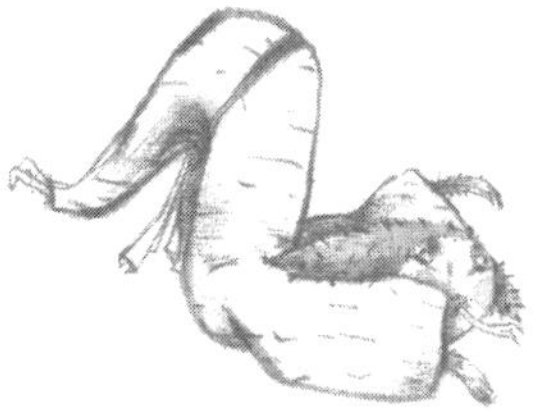

「很可能是她。」

「最近這兩年常聽到她的名字。對了，剛剛你說的那位藤原兼家大人，據說也經常找她占卜。他這回能夠升官，似乎大半都是仰仗那巫女的占卜。」

「我也聽說是如此。」

「而且，兼家大人在聽那巫女的占卜時，身上不但高冠博帶，還讓那巫女的頭枕在自己膝上。」

末尾，法然院不時召其問卜。其亦有求必應，每每爲法然院解惑，故法然院深信不疑，時時召其問卜，且高冠博帶，讓其枕膝而聞。或是有所求必能如願，法然院泛常召其問卜。

《今昔物語集》中也有上述這段描述。法然院指的是藤原兼家。

「總之，兼家大人極爲看重那巫女。」

「這又怎麼了？」

「問題就在這兒，博雅……」

晴明開始敘述起來龍去脈。

三

大約三年前起，京城街頭巷尾四處流傳，說有個住在西京茅屋的女人，占卜相當靈驗。

那女人似乎原是廉價私娼。不知何時開始，每逢男人離去時，便說些莫名其妙的話。

「再過幾天，你可能有好運臨頭。」

「不是女孩，應該是男孩吧。」

「你最好別出門。」

結果，聽說有「好運臨頭」的男人，過不了幾天，果然在京城大路撿到錢。

「應該是男孩」的那男人，當時妻子正懷孕，後來果如私娼所言，生了男孩。

「最好別出門」的男人，第二天出門狩獵時，竟從馬上跌下，折斷了腳骨。

與其說是占卜，不如說是預言。

女人的預言，時常說中。

演變到後來，來聽預言的男人多於來買春的男人。

這女人預言時，方法有點異乎尋常。

首先，坐在地板緊閉雙眼。其次，合掌後口中唸唸有詞，反覆唸幾次類似咒文的玩意。然後合攏的雙手會開始抖動，全身哆嗦不已，最後往前傾倒，俯臥在地。之後便文風不動。

過一會兒，女人爬起身，開始講述自己俯臥在地時所看到的一切。她講的正是預言，也是她的占卜結果。

預言時有時無。沒有預言時就不收錢。此外，如果想得知特定的事物而去問她，幾乎都無法如願。

例如，問她明天的天氣到底如何，答案不一定與天氣有關。偶爾她會回說：「是晴天吧。」

但她口中的「晴天」，到底是明天的天氣，還是十天後的天氣，連她自己也沒有把握。

若以命中率而言，大約是十中有五、六。

話雖如此，說中六成的話，已是非常厲害了。

由於這女人總是俯臥在地預言一切，不知何時開始，人們便稱呼她爲「俯臥巫女」。

藤原兼家在兩年前得知這女人的事，以後便經常去問卜。

起初，兼家問的是孩子的事。

當時，兼家的妻子懷孕了，而且看似難產。爲此，兼家特地到女人住處問卜。

「大概可以生下無缺的滿月。」女人回說。

既然女人說「大概可以生下」，就表示一定能生下來。而一定能生下來的話，表示孩子可以平安無事落地。

數日後，兼家之妻果然產下一男嬰。此男嬰正是道長。

自那時以來，兼家便時常抽空去找那女人問卜。大概從那女人口中得到不少令人滿意的預言結果吧。

一年前開始，兼家每次到那女人住處時，總是全副禮裝以表尊重，當那女人往前傾倒、俯臥在地時，還會讓那女人趴在自己膝上。

到了今年，兼家終於超越哥哥兼通，以破格的速度升官了。

「從這兒開始才是瓜果的事。」晴明向博雅說明。

十天前，兼家到巫女住處，得到一個莫名其妙的預言。

「是瓜。」巫女說。

「瓜？瓜怎麼了？」

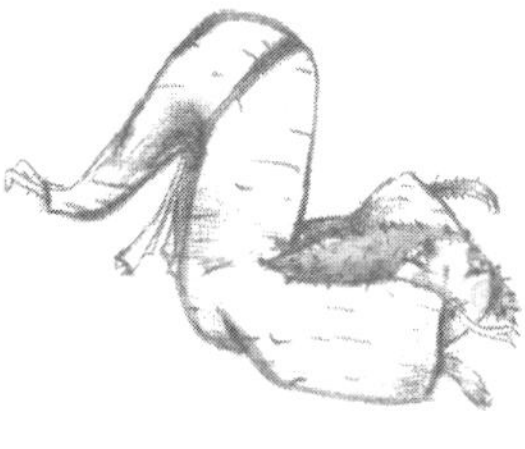

「是瓜。」

「那瓜到底是好預兆，還是壞預兆？」

「不知道。只是看見瓜果……」女人說。

兼家當時暗忖，自己很喜歡吃瓜，一有機會便命人買瓜回來大快朵頤。

那瓜果到底又怎麼了？

兼家百思不解，便不理會那預言。

沒想到，兩天前有名瓜販路經兼家宅邸前。聽到瓜販的叫賣聲，兼家馬上命隨從出去買了兩個瓜。

正想剖開瓜果大吃一頓，兼家突然想起巫女的預言。

「不知道是好預兆或壞預兆。」

若是好預兆，吃了應該沒事；但若是壞預兆，吃了可能後果不堪設想。

結果，那天兼家沒吃瓜。第二天，也就是昨天，兼家又出門到那巫女住處。

「您到這兒來，是明智的判斷。」女人說。

「是壞消息嗎？」

「不。」

是吉，是凶，女人也不知道。

「如果眞有人能夠判斷，在這京城，也只有安倍晴明大人一人了……」
巫女說。
「結果，兼家大人就派人來請我過去一趟。」晴明向博雅說明，「他要我判斷，到底是吃掉瓜果好，還是不要吃比較保險。」
「原來如此。」博雅點點頭。
「所以，在判斷之前，我想先實際吃吃看，並親手確認一下撫摸瓜果的感觸。」
「有道理……」博雅佩服地叫出聲。
「怎樣？博雅，你要去嗎？」
「我？」
「嗯。」
「到兼家大人宅邸？」
「對。」
「可以跟去嗎？」
「我已經告訴對方，到時候再看情形如何，必要時或許會跟源博雅一起去打擾。」
「唔。」

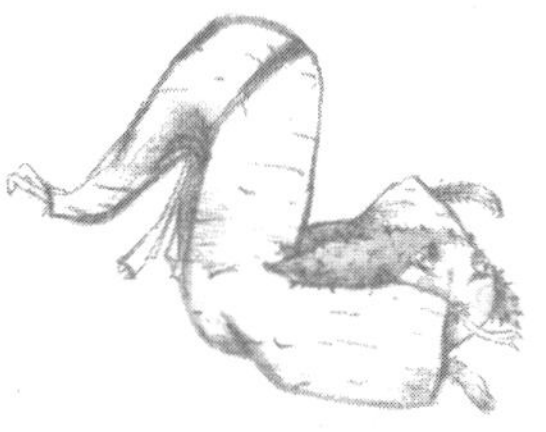

「去嗎？」

「唔，嗯。」

「走。」

「走。」

事情就這樣決定了。

四

晴明與博雅面前擱著盤子，盤內盛著一個黃色大瓜。

還未用刀剖開，瓜內那飽滿欲滴的果汁甜香，便已融於微風中了。

「這瓜眞不錯。」晴明說。

隔著盛瓜的盤子，坐在對面的人是兼家。

「到底該如何處理這瓜果，請晴明大人務必看看。」

「我可以拿在手中看看嗎？」

「當然可以。」

晴明伸手拿起瓜果。瓜果沉甸甸的。晴明雙手撫摸了瓜果一陣，得意地微笑。

「原來如此。」

「您知道了？」

「這瓜不行。」

「啊？」

「這瓜非常危險。」

「爲什麼？」

「有人在這瓜果下了類似蠱毒的咒。」

「咒？」

「您等等。」晴明向兼家說，「先準備墨汁和筆……」

晴明讓兼家準備筆墨，要了一張白紙。晴明先用小刀裁紙，再拿起毛筆，於三分之一大的白紙上，沙沙地不知畫了什麼玩意。

看上去像咒文，又像圖樣。

然後，將白紙覆在瓜上，再伸出右掌貼在白紙上，口中喃喃唸著咒文。

過一會兒，晴明收回手掌。

「現在剖開瓜果看看。」

晴明用小刀切入瓜肉，將瓜剖開。

突然……

「喔！」
「這是什麼？」
兼家與博雅同時大叫出來。
瓜果中，逶迤爬出一條全身黑不溜丟的蛇。
「這是怎麼回事？」兼家揚聲大喊。
「有人在這瓜內下了毒咒。」
「那毒咒是蛇？」
「不是瓜內有蛇，我只是將瓜內的毒咒變成蛇，讓你們一目了然而已。」
瓜內的蛇已爬出盤子，正在榻榻米上往兼家那方蛇行。
兼家畏懼地往後退，最後站起身。
「幫幫忙！晴明——」
「是。」
晴明笑著隨手抓起不停蠕動的蛇，放進袖筒內。
「如果吃了那瓜，後果會如何？」兼家舉起右手擦拭額頭上的冷汗，問道。
「那蛇會在兼家大人體內啖噬五臟六腑吧。」
「你是說……」

「很可能會得重病，有時候甚至會導致死亡。」
「唔，唔……」兼家答不上話來，「到底誰會做這種事？」
「這瓜是從誰手中買來的？」
「女人。有個女人來兜售瓜果，因爲看起來很好吃，就買下了。」
「雖然不知道能不能查出來，反正離天黑還有時間，我來查查看吧。」
「拜、拜託你了。」
「博雅啊，如果你不嫌必須走一段路，要不要陪我去？」
「那、那當然了。」博雅支起腿回說。
兩人步出兼家宅邸。跨出大門，晴明頓住腳步，從袖筒中取出那條黑蛇。黑蛇纏在晴明細長白皙的手指中蠕動著。
「去吧，回到你原來的主人那兒。」
說畢，晴明將黑蛇拋在地上。
黑蛇匍匐在地上往前蛇行。
「博雅，我們跟在蛇後面走吧……」
晴明踏出腳步，博雅跟在晴明身後。

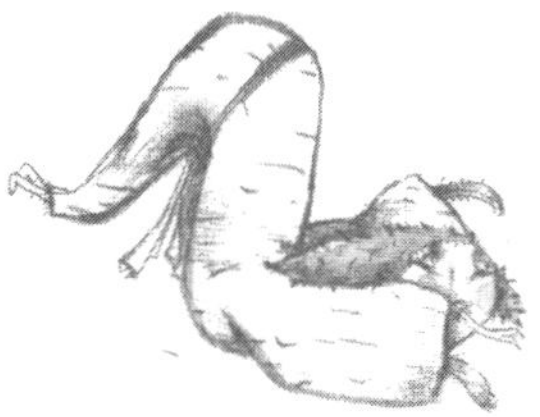

五

兩人來到京城東方盡頭。

黑蛇依然以人步行的速度在地上往前蛇行。

進入山中後，不知不覺，四周已盡是杉樹。一或兩人也無法環抱的巨大杉樹神木，往天空直線伸展。

空氣變得沁涼如水。

雖然還未到傍晚，四周卻已昏暗起來。因為杉樹樹梢擋在頂上，陽光無法射進森林。

走著走著，偶爾可見有人踏過的痕跡，也有看似某人欲用石頭搭出石階的遺跡。

森林小徑形成一道緩坡，持續往上延伸。

黑蛇在石頭間、樹根上，沿著小徑往上爬行。

「到了，博雅。」晴明仰望著小徑前方說。

仔細一看，樹木間隱約出現看似建築物屋頂的東西。

「正是那兒。」

兩人與黑蛇一起來到那建築物前。

原來是間破廟。屋頂已腐朽不堪，部分牆壁也坍落了。

看樣子，至少有十年以上無人居住。

黑蛇緩慢地爬進破廟。

晴明與博雅正打算跟著黑蛇走進破廟，冷不防，破廟中出現一道人影。

是個女人。

約莫四十左右、眼睛細長的女人。

「您是安倍晴明大人吧？」女人喃喃自語般低聲問道。

眼前這女人似乎是兜售瓜果的女人。

「是的。」晴明點頭。

「主人已在內恭候許久。」女人說畢，示意兩人進屋。

「你們已知道我會來？」晴明問。

「是。」女人點頭，「主人說過，大概只有晴明大人能夠解決那瓜裡的毒咒。如果自己所下的咒被趕回來，而且有人跟在咒後面一起來的話，那人一定是安倍晴明……」

女人行了個禮，示意晴明進入破廟。

「別讓他進來！」破廟內傳出叫聲。

是男人的叫聲，聽起來像是走投無路般。

晴明與博雅不理會那叫聲，在女人催促下逕自走進破廟。

破廟很小，一進去便是正殿，不過，沒有任何主佛。

破廟內有兩個男人。

其中之一看似身分還算高貴，身上的服裝乾淨整齊，與破廟不搭調。此男人站在裡邊，背向破廟入口。

另一個男人是老人。白髮蓬亂，身上穿著不知多久沒洗過的骯髒公卿便服。

他膚色曬得黝黑，加上汙垢，整張臉又紅又黑，布滿無數深長皺紋。獅子鼻，目光炯炯有神，宛如猛禽般發出黃光。

對晴明與博雅來說，那老人並非陌生人。

帶路的黑蛇正纏在老人腳邊。

老人不耐煩地伸出右手抓起黑蛇，擱在手掌中，然後舉到眼前，噘著嘴脣含住蛇頭，滑溜地一口氣吞下。

「你終於來了，晴明……」老人說。

「果然是您。」晴明的鮮紅雙脣浮上微笑，「能夠下那種咒的，應該沒幾人，所以我猜想可能是您。」

「晴明，這老人是那位……」博雅問道。

「是蘆屋道滿大人……」晴明低聲唸出老人名字。
「久違了，晴明……」
「這回的結果又跟上次一樣。」
「沒錯。」
「爲什麼要做出那樣的事？」
「受人之託呀。」
「受人之託？」
「吾人怎麼可能想出這種事？又刻意去做？」
「說得也是。」
「吾人只是消遣一下而已。」
「您是說，爲了消遣？」
「是呀。晴明，你這回的多管閒事，難道不也是爲了消遣？」
「我也是受人之託。」
「是嗎？」蘆屋道滿往裡邊瞄了一眼，「吾人早就向那男人說過了，無論是賀茂忠行或兒子賀茂保憲，誰出面都無所謂，但要是晴明出面，吾人就要打退堂鼓。」
「藤原兼通大人……」晴明叫喚那男人的名字。

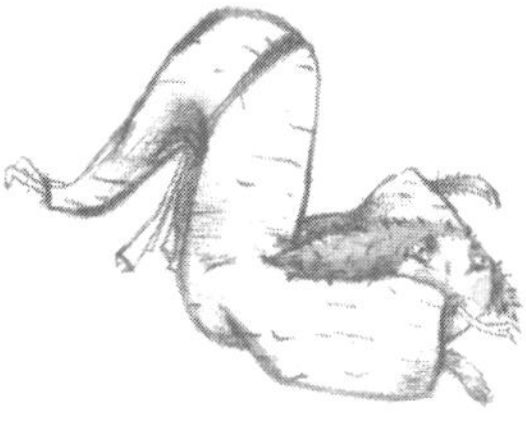

正是藤原兼家的兄長。

聽到晴明呼喚自己的名字，背向入口的男人全身震了一下。

「您不用轉過身來，不用讓我們看到您的容貌。如此，方才那名字，便只是我擅自猜測而已，沒人知道您到底是不是藤原兼通大人。若事情可以如此解決，我和博雅無意向兼家大人報告此事。」

「你眞是聰明人，晴明……」道滿咯咯笑出來。

「我可以認爲這件事就這樣結束了嗎？」晴明問。

「當然可以。晴明，你就向兼家說，這回的事完全是道滿的餘興。爲了表示吾人的歉意，往後若是碰到晴明無法解決的問題，儘可來找吾人。想呼喚吾人時，只要在颳西風的夜晚，往空中拋出一百張寫著吾人名字的紙片便行了，三天之內，吾人必定會到兼家宅邸打擾……」

「一定代爲轉告。」

「事情結束了。」

「是。」

「回去吧，晴明……」

「是。」

晴明正要行禮告辭，道滿又呼喚：「等等，晴明。」

「什麼事？」
「你會去那女人那兒吧？」
「有這個打算。」
「那就好。」
「在下告辭了。」
「喔。」
「博雅，走吧。」晴明催促博雅，自己先轉過身走向門口。

六

「眞令人吃驚。不過……」
步出杉樹森林後，博雅首先開口。此時已是日近西山。
「沒想到兼通大人竟然是此案的主謀……」
「唔。」
「弟弟的官位超越了他，他大概嚥不下這一口氣吧。聽說兼家大人爲了超越兼通大人，在宮內施了不少暗盤。」
「唔。」

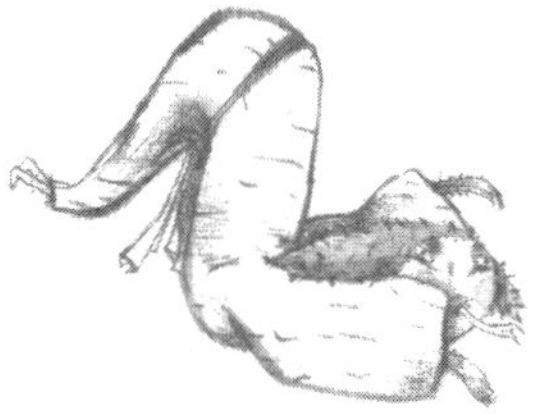

「你真的不打算向兼家大人報告事實?」
「不說比較好吧。」
「我也認爲不說比較好。」博雅說。
「這樣,往後我們比較容易行事。」
「容易行事?」
「萬一往後在宮中發生了什麼事,危及你我的性命,那男人應該會袒護我們。」
「那男人是……」
「藤原兼通大人。」
「……」
「剛剛在那破廟內,如果我們看到他的容貌,並向兼家大人報告事實的話,只會讓那男人懷恨在心。或許他會派人來奪取我們的性命。在那種場合,那樣做最妥當。」
「道滿大人說你是聰明人,指的正是這回事?」
「既然工作性質和鬼魂、仇恨有關,便必須隨處賣點人情,多保有一些友軍比較保險。」
「可是,話雖這麼說……」

「總之，想活在這人世上，勞神費心的事還眞不少。」

「說到工作，剛剛道滿大人提到『晴明無法解決的問題』，那是什麼意思？」

「正是我無法辦到的工作。」

「那是說……」

「例如下咒殺人那類工作。」

晴明說畢，博雅停住腳步，望著晴明。

「怎麼了？」

「我總算鬆了一口氣，晴明。」博雅臉上浮出安心神色，「人活在這世上，雖然有很多迫不得已、不得不做的事，可是如果你做得出那種下咒殺人的事……」

「做得出的話，又會怎樣？」

「那，會……」

「會怎樣？」

「我也不知該怎麼說明，總之，我可能會不想活在這世上了。」

「是嗎？」

「我啊，晴明，因爲有你在，我才會覺得這世上不是那麼惡劣。」

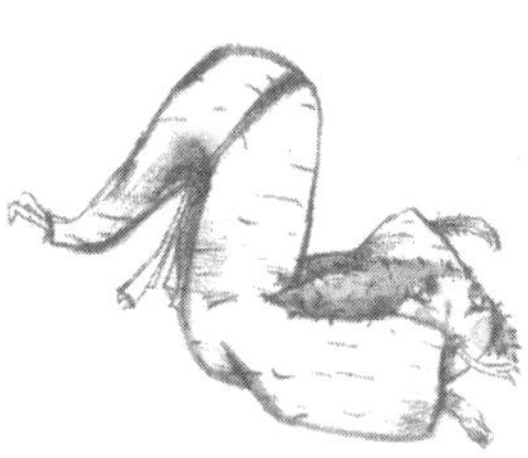

「……」

「不管你再如何冷淡看待這世間，也不管有時我會覺得無法理解你，不過說眞的，我眞的懂得你眞正的地方。」

「懂得什麼？」

「懂得你其實覺得自己很孤獨。晴明，你老實說出來吧，你其實很寂寞吧？你其實覺得這世上只有你孤單一人吧？我有時總覺得你看起來很令人心疼。」

「沒那回事。」

「眞的？」

「你不是在我身邊嗎？博雅。」晴明低語道。

博雅沒料到晴明會說出這種話，一時答不上來，只罵了一聲「無聊」，滿臉怒色地再度跨開腳步。

晴明臉上浮出微笑，跟在博雅身後。

「不過，我終於放心了。」博雅向身後的晴明說。

「放心什麼？」

「因爲終於知道你也有通情的女人。」

「女人？」

「你不是說要去找她嗎？剛剛道滿大人這樣說的呀。」
「哦，原來是那個。」
「晴明，對方是什麼樣的女人？」
「就是那個俯臥公主嘛。」晴明直截了當地回答。

七

太陽下山後的傍晚時分，晴明與博雅來到西京那間茅屋。
茅屋雖簡陋，但屋頂與牆壁都很牢靠，足以抵擋風雨。
茅屋四周有圍牆，還有扇小門，也有處小小院落。
夕暮微光下，可見院中綠葉茂盛、還未開花的胡枝子。
茅屋內已點上燈火，從外面也可看見忽明忽暗的紅色小燭光。
穿過圍牆小門，茅屋內出現一個尼僧打扮的漂亮女人。
「恭候已久。」女人說道。
「晴明，這位不是以前那……」
「沒錯，你也見過她吧，正是八百比丘尼大人。」
原來從茅屋出現的女人，是數年前某個冬夜，在晴明宅邸庭院雪地上露

出白皙裸身的女人。

她正是那個吃了人魚肉而活了幾百年的白比丘尼。

晴明與博雅曾在積雪的庭院中，爲她驅除體內的禍蛇。

「上次眞是承蒙您關照。」八百比丘尼恭敬地行了禮。

「原來妳就是俯臥巫女……」博雅問。

「是。」女人回說，示意兩人進茅屋，「請這兒走。」

茅屋內有地爐②，地爐裡有火，上面吊著鍋子，鍋內的熱水已滾開了。

再仔細一看，地爐旁有盤子，上面盛滿山菜，也準備了酒。

晴明與博雅坐在擱置於地爐四周的圓草墊上。

小小酒宴就如此開始。

「妳應該知道全部事實吧？」晴明舉起酒杯喝了一口，再將酒杯擱回盤內，問道。

「是。」八百比丘尼點頭，「起初不知道是怎麼回事，看到兼家大人帶來的瓜果，才猜測很可能是兼通大人的計謀。」

「妳也知道下手的是那男人？」

「有能力下這種咒的，除了晴明大人、保憲大人之外，也沒有幾位。晴明大人與保憲大人不可能做出這種事，剩下的便是……」

②日文是「圍爐裡」（いろり，irori），一種設置於地板上的長方形或正方形火爐，爐中有火炭，從天花板吊著垂鉤，垂鉤上掛著水壺或鍋子，可以用來燒水、煮飯菜、取暖。

「蘆屋道滿……」博雅接下去說出名字。

「是。」八白比丘尼點頭，「對方既是道滿，那就非我的能力所能勝任了，所以……」

「所以便說出我的名字？」

「是的。」八百比丘尼垂下白皙小臉，「沒想到能這樣與晴明大人、博雅大人重逢，實在太高興了。」

八百比丘尼伸出纖纖玉手握住酒瓶，在兩只空酒杯內斟酒。

「像我這樣活了幾百年，有時候也會意外獲得不可思議的力量吧。」八百比丘尼說。

「妳是說占卜？」博雅問。

「是。因爲無意中說出來的預言，時常說中，於是大家便來找我做些類似占卜的事。不過，能夠未卜先知，未必是件好事。」

「說得也是。」

如此，有一句沒一句聊著，夜，也逐漸加深。

「那位大人其實也很孤獨吧？」八百比丘尼說。

「那位大人？」博雅問。

「蘆屋道滿大人……」

「原來是那男人……」
「是。因爲他也同我一樣。」
「一樣？」
「他也不是普通人。生來就不普通的人，無法適應這個人世。但又不能說死就死，生前只能以其他事情來塡補內心的空虛。」
「那男人說過，只是餘興。」
「這話只有那大人說得出口……」
「……」
「與眾不同的人，表示某些地方比普通人卓越。照這樣說來，晴明大人，您其實也很孤獨吧？」
聽八百比丘尼如此說，晴明只是報以苦笑。
「哈哈……」博雅在一旁幸災樂禍。
「博雅大人，您也一樣。」八百比丘尼緩緩地細聲道。博雅剎時頓住笑聲。
「博雅。」晴明呼喚。
「什麼事？」
「你帶葉二來了嗎？」

「帶來了。」

「那正好。我突然很想聽你吹笛，吹一首吧。」

「可以。」

博雅從懷中取出葉二。那是朱雀門上的鬼魂送給博雅的笛子。博雅將笛子舉到唇邊，不疾不徐地吹了起來。

別說是人了，連天地、精靈也都感應到博雅的笛聲。大地裡的靈氣悄悄聚攏在茅屋四周，天空也無聲無息地降下溫柔靈力，飄落在茅屋上。

博雅依然不疾不徐地吹著笛子。

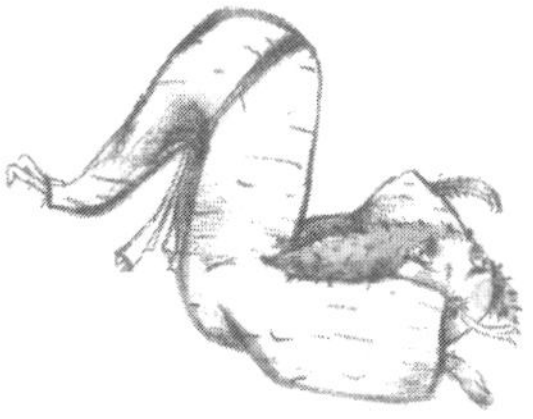

吸血女侍

一

熱。

烈日當頭，照在整個庭院。

庭院內，夏草蔥綠茂密。

烏蘞莓①、紫菀、鴨跖草。簡直令人無處立足。

這些夏草在陽光下，宛如煮熟一般，看起來熱氣騰騰。

照射在庭院的陽光，也反射在坐在窄廊的晴明與博雅身上。

晴明支著單膝，一隻手臂擱在膝上，視而不見地望著庭院。

無風。

庭院中茂盛的雜草葉尖，晃都不晃一下。

晴明身著寬鬆白色狩衣，額頭不見任何一滴汗。

「好熱喔，晴明。」博雅喃喃低語。

兩人之間擱著一個小盆，盆中盛滿清澈涼水。

能給人清涼感的東西，只有晴明身上的白色狩衣和盆內的清水而已。

梅雨結束後，每天都是晴天，滴雨不降的日子，已持續三十天以上。

「這麼熱的天，爲什麼樹木和草叢可以長得那麼茂盛？」

---

①日文為「藪枯」（やぶがらし，*yabugarashi*）」，學名*Cayratia japonica*，多年生草質藤本。夏季開黃綠色小花，漿果卵形，長約七公釐，成熟時呈黑色。主治咽喉腫痛，目翳，咯血，血尿，痢疾；外用治癰腫，丹毒，腮腺炎，跌打損傷，毒蛇咬傷。

「因爲有夜晚。」晴明說。
「夜晚？」
「到了夜晚，會下露水。」
「啊，原來如此。」博雅點頭。
夜晚下了露水後，翌晨，庭院花草會濕漉漉地有如剛下過一場雨，博雅也知道這點。
清晨走在庭院中時，身上的衣服、袖口、下擺，都會溼得彷彿浸了水。那些露水落到地面，打濕泥土，花草再吸收泥土內的水分。
「話說回來，這樣一滴雨都不下的話……」
博雅將手浸在盆內清水中，再用浸涼的手撫摩著額頭，望向晴明。
「晴明啊，你能夠施法術讓上天下雨嗎？」
聽博雅這麼一問，晴明脣邊隱隱含著笑容，將手貼在額頭上，微微搖頭。
「不能嗎？」
「你說呢？」
「貴船神社的祭神不是水神嗎？聽說那邊幾乎每天都在祈雨，卻仍無下雨的跡象。」

「嗯。」

「往昔，空海和尚曾向神泉苑祈雨，結果眞的下了。」

「好像是吧。」

「對了，大約十年前也曾久旱未雨，於是東寺的妙月和尚也向神泉苑祈雨，結果下了一場大雨……」

「以風水來看，船岡山的地龍通過地下水脈，在神泉苑的池水那兒伸出頭喝水，因此當然是很適合祈雨的場所。」

「那時，妙月和尚好像寫了什麼經文，拋進池內……」

「經文嗎？」

「況且，十天前，中納言②藤原師尹公不是也帶了幾名女侍到神泉苑，開了祈雨宴嗎？」

「你是說讓女侍跳進池中的那場宴會嗎？」

「嗯。聽說中納言命女侍唸著可以操縱諸龍神的眞言，讓她在池中戲水。」

「曩莫三曼多沒馱喃銘伽捨儞曳娑嚩賀。」

「你在唸什麼？」

「諸龍眞言。空海和尚、妙月和尚祈雨時，大概都是用這個眞言。」

---

②官位一般是正四品上，位於大納言之下，職務與大納言類似，是天皇近侍。但大臣不在時，僅能由大納言代理職務，中納言不可。平安時代，大納言二名、中納言三名。

「晴明啊，難道你不只會唸咒，也懂眞言？」

「咒文和眞言，是類似的東西。」

「那麼，晴明啊，能不能用你的咒文和眞言解決問題？」

「讓上天下雨？」

「是啊。」

「博雅，任何咒文或眞言，都無法左右天地的運行。」

「什麼意思？」

「不管是召喚東海龍王出來，或是呼喚神佛出來，都無法阻止星球的運轉，也無法阻止太陽上升。同樣道理，也無法讓上天下雨。」

「可是……」

「如果是與人心有關的事物，便可以用咒文或眞言控制了。」

「人心？」

「沒錯。例如，博雅，明明沒有下雨，我可以讓你深信上天眞的下雨了。但這和實際讓上天下雨是兩回事。」

「可是，空海和尚……」

「空海和尚是很聰明的大師。」

「聰明？只要腦筋聰明，便能讓上天下雨？」

「不是。」晴明搖頭，「只要看準在可能下雨的時期祈雨，便能讓上天下雨。」

「什麼？」

「換句話說，即使無法讓上天下雨，至少也可以知道上天將於何時下雨。」

「既然你這樣說，晴明啊，那你也知道嗎？」

「知道什麼？」

「我的意思是，你知道上天將於什麼時期下雨嗎？」

「你說呢？」

「到底是什麼時期？」

「什麼時期好呢？」晴明望著博雅，尋開心地笑著。

「師尹公的祈雨宴雖說是半認真、半好玩，但你知道嗎？那名女侍當時差點溺死了。」

「是嗎？」

「那名跳進池中唸真言的女侍，不小心陷入深處，險些喪命。所幸及時讓人救上來，不然很可能就那樣溺死了。」

「是嗎？」晴明仰頭望著屋簷上方的青空。

天空晴朗得令人喪氣，萬里無雲。

「怎麼了？晴明，你有聽我說話嗎？」

「有啊。」晴明點頭，不過，視線依然望著上空。

「天空怎麼了？」

「沒事。因爲待會兒必須出門一趟，我在看會不會變得涼爽一點。」

「涼爽？」

「待會兒應該會有牛車來接人。這麼熱的天，我想坐在牛車內一定很難受。」

「你也會捱不住熱？」

「我跟你呀。」

「兩人？」

「博雅，大熱天兩人坐在牛車內晃來晃去的，不是很難受嗎？」

「我？我爲什麼要跟你一起坐在牛車內？這是怎麼回事？晴明。」

「喔，事情是這樣的。你剛剛說的那位中納言藤原師尹大人，派人請我去一趟。今天早晨，中納言的隨從過來傳話，說藤原大人有事找我商量，問我能不能抽空跑一趟。」

「今天早晨？」

「我向隨從說，今天和博雅有約，結果對方說兩人一起去也無所謂。怎樣？要不要一起去？」

「我也去？」

「對方好像碰到很棘手的事。在這種大熱天，剛好可以消磨一下時間。等事情辦完回來，正好天氣也涼爽了。」

「可是，這太突然了。」

「我很怕那種人。」

「怕？」

「你剛剛不也說了？就是神泉苑的祈雨宴嘛。」

「唔。」

「我很怕那種以奇技淫巧向眾人大聲宣傳自己的人。」

晴明的意思是，利用誇張演出、大肆鼓吹自己存在的人，很難應付。

「如果想宣傳自己的存在，最好不是當事人自己宣傳，而是讓別人來做比較有效。」

「是這樣嗎？」

「我跑一趟是無所謂，只是，很可能會說出令對方不愉快的話。若這時你能在一旁適時協調，對我幫助很大。」

「我去的話，對你有幫助？」

「嗯。再說這種事情，有第三者在場比較好。」

「那個第三者，是我？」

「不管發生什麼事，只要博雅首尾都在現場當證人，師尹大人事後大概也不敢多說什麼吧。」

「師尹大人會多說什麼？」

「例如，我是好心幫他解決問題，但萬一無法解決，他大概會在背後到處說『晴明沒什麼大不了』的吧。即便事情完滿解決，他也會說不是晴明的功勞，而是自己了結的。」

「說得也是，那人的確有這個毛病。」

「沒錯。」

「說到神泉苑的祈雨宴，其實那眞正的目的是指桑罵槐。剛剛我雖然沒說出來，不過老實說，他在清涼殿拜謁皇上時，就向皇上抱怨：『在這節骨眼上，和尚或陰陽師都束手無措，實在太不像話了』……」

「不理我們，我們反而會感激他。」

「那你幹嘛還答應跑一趟……」

「拒絕的話，事後大概又會惹來麻煩，所以才答應要跑一趟。」

「到底是什麼事？」
「聽說被吸血了。」
「啊？」
「被吸血了。」
「血？」
「聽說，每天夜晚，有東西會去師尹公宅邸內，吸女侍們的血。」

二

事情是這樣的。
據說事件最初發生於八天前。
師尹宅邸內有個名叫小蝶的女侍。
八天前，那女侍於天亮後依然遲遲不起床。其他女侍擔心她生病了，便去房間探個究竟，打算順便叫醒她。
「小蝶，妳怎麼了？」
「我感到很疲倦，手腳無力，沒辦法起床。」小蝶在被褥中抬臉說。
仔細一看，小蝶面無血色，臉色蒼白。

而且雙頰凹陷，看上去像個老婦。

摸她的手，又發現她手指冰冷。

「對不起，我馬上起來……」小蝶撐起上半身，想要起床。

「不用起來了，妳就一直躺到身體恢復吧。」

女侍扶著小蝶想讓她躺下，湊巧小蝶的領口敞開了，女侍便看到她的脖子。

小蝶脖子右邊，竟有塊嬰兒拳頭大小的痣。顏色是令人怵目驚心的青紫色。

「咦？妳有這樣的痣嗎？」

聽女侍如此問，小蝶才總算察覺那塊痣。但她不知道何時出現這種痣，也不知道出現的原因。

總之，這天就讓小蝶躺在被褥內休息。翌日——

這回是另一個名叫水穗的女侍到了早上還不起床。

其他女侍去探看時，發現水穗與前一天的小蝶一樣，臉色蒼白，全身無力。雙頰也凹陷下去。

總之女侍讓水穗躺下，爲了愼重起見，掀開她的領口一看。

「哎呀？」

果然發現水穗的脖子也出現一塊青紫色的痣。

同樣的事又持續了四天，結果，共有六名女侍都有相同經歷。

每個女侍都於早上醒來時，發現自己不但消瘦了，且臉上毫無血色，脖子上還出現一塊痣。

師尹宅邸內計有十四名女侍，算算，其中近半數的脖子上都有痣。

每天夜晚臨睡之前，大家一切如常，而早上醒來時便出事了。

師尹猜測，一定是夜晚時發生了什麼，便吩咐隨從通宵值班。

這時代，女侍大多睡在大房間內。

寬廣的房間內，女侍各自睡在自己的被褥內。

沒有所謂獨立的小房間，只在必要時豎立屏風，當作房間間隔——其實，只要立起屏風，便可形成私人空間，相當於獨立房間。

深夜。

兩名隨從遵從吩咐，於燈火熄滅後，坐在黑暗房內值班守夜。

然而，這天夜晚，一名女侍依然在脖子上出現同樣的痣。

據說是守夜的男人睡著了，翌晨醒來一看，才知道又發生同樣的事。

次日夜晚，隨從增加為四人。但結果還是一樣。

每到深夜，男人便會感覺睡意猛烈襲來，之後便紛紛睡著。

早上醒來一看，又發現有一名女侍的脖子上出現了痣。

師尹請來藥師診察女侍。

「看樣子，好像是被吸了血。」藥師說。

據藥師說，似乎每逢夜晚都會出現來路不明的某種東西，到宅邸吸女侍的鮮血。脖子上的痣，是吸血後的痕跡。

失血的女侍，隨著日子過去，逐漸恢復臉色。只要按時進餐，體內仍然可以造血。雖不至於死亡，卻心有餘悸。

太可怕了。

結果，每逢夜晚，女侍都戰戰兢兢，甚至有人提出辭職的要求。

「如此，師尹大人才來央求我想辦法。」晴明說，「怎樣？要不要去？」

「我？」

「嗯。」

「可是……」

「我們可以堂皇正大地在女侍房間過夜喔。」

「我又不是想去女侍房間過夜……」

「那還有什麼問題？」

「唔，嗯。」

「去不去？」

「嗯。」

「走。」

「走。」

事情就這樣決定了。

三

「總之就是這樣。這事只能拜託安倍晴明大人來解決了……」藤原師尹道。八字鬍下的脣角，魂不守舍地上下抽動。

博雅坐在師尹正面的晴明一旁，這似乎使得師尹坐立不安。

師尹的官位是從三品，比晴明高，但晴明身邊坐著博雅。博雅的官位是正三品，理所當然，博雅的地位比師尹高。

「那麼，今晚就觀察一下情況吧。」

「意思是……」

「有困難嗎？」

「您是說，要在女侍房間觀察？」

「是的。」

「那……博雅大人也一起？」

晴明瞄了一眼博雅，說：「是的，他跟我一起。」

博雅也點點頭。

「這樣可以嗎？」

「有何不妥嗎？」博雅問。

「不，我的意思是，讓博雅大人特意在女侍房間值班守夜的話……」

非常過不去。很爲難。不過，師尹沒有全部說出來。

讓官位比自己高的人在自己家值班守夜，自己怎麼能高枕而眠？

雖然事前知道博雅會與晴明一起來，然而，師尹做夢也沒想到，博雅竟然願意值班守夜。

他也知道晴明與博雅彼此有往來，卻不知他們的交情如此之深。

「沒關係，請不用介意……」

聽博雅這樣說，師尹依然左右爲難地想找出適當的詞彙。

「那麼，我也一起……」師尹總算想出這個折衷辦法。

「這倒不用了。如果您在意，請您在自己房間等結果吧。另外，爲了慎重起見，請派幾名身手了得的隨從在附近聽候，以便我們需要人手時可以馬上趕來。」晴明說。

師尹聽畢，鬆了一口氣，額頭上冒著汗珠說：

「那眞是太對不住了，就照晴明大人說的……」

四

深夜。

燈火熄滅後，晴明與博雅並肩坐在地板。

隔著垂簾，兩人背後正是女侍房間。

垂簾後傳來女侍的輕微鼾聲。

只是，大部分的鼾聲都是忽大忽小，有時會傳來輾轉反側的嘆息。鼾聲中夾雜著翻身時的衣服摩擦聲、手指抓搔身體某處的聲音。

幾乎所有女侍都還未睡著，要不然便是處於淺睡中。

眼前是庭院。

貓爪般的細長月亮掛在西空上，月光下隱約可見庭院的模樣。因爲晴明表示可以望見庭院比較好，特意吩咐下人不用關上兩人守夜地點的格子板窗。

庭院中有幾棵樹木——楓樹、松樹，以及杉樹。

樹下有灌木，還有小池子。池上映照出細長月影。

「晴明啊，到底會不會來……」博雅壓低聲音問。

「當然會來。」晴明不加思索回答。

「你不怕嗎？」

「不怕。」

「那東西不知道是人是鬼，而且會吸血。」

「反正對方又不是來吸我的血……」

「之前的確是為了吸女侍的血而來，但這回說不定會吸我們的血。」

「說得也是。」

「那你應該會怕吧？」

「博雅，會怕的人不是我，是你吧？」

「正是，我很怕。」博雅坦率地點頭，「說實在的，當你的朋友，總是會遭遇這種苦頭。」

「呵呵。」

「要是來了，你打算怎麼辦？」

「什麼來了？」

「就是那個來吸女侍鮮血的東西呀。萬一眞會來，不是會從沒關板窗的這兒進來嗎？我們不就第一個遭殃？」

「會嗎？」

「晴明，別說這種沒把握的話。」

「不是沒把握。若是會來，之前便會知道，那時再來想辦法應付。」

「這樣就行了？」

「行。」

「可是，對方來時，大家不是都會昏昏欲睡，結果都睡著了嗎？睡著的話，怎麼知道對方來了沒有……」

「問題就在這兒嘛。」

「什麼問題？」

「我不會睡著。」

「……」

「會睡著的，是你，博雅。」

「我？」

「沒錯。你會睡著。當你睡著，就表示對方來了……」

「這倒是無所謂，可是我睡著後會怎樣？」

「會給對方吸血吧。」

「喂，晴明，難道你打算像上次擒拿黑川主時那樣，暗中計劃讓我當囮子？」

「我沒有暗中計劃什麼。那時的情況跟這回不一樣。」

「你臉上已寫明了有陰謀。」

「沒有任何陰謀。」

「可是，晴明……」

「什麼事？」

「你總是……」

「我總是怎樣？」

「總是在這種時刻……」

「怎麼？」

「奇怪，怎麼想不起來了？你總是……」

博雅的聲音逐漸變成喃喃細語，接著脖子往前一低，陷入沉睡。

五

黑暗中，晴明將右手食指與中指貼在沉睡中的博雅額上，在博雅右耳旁小聲唸著咒文。

唸畢後，晴明噘起粉紅雙脣，「呼」一聲，往博雅耳內輕吹了一口氣。

博雅睜開雙眼。

「醒來了？博雅。」

「晴明，我到底怎麼回事？對了，是不是睡著了？」博雅揉著眼睛，抬起頭。

「別出聲，對方來了。」晴明在博雅耳邊輕聲道。

「來了？」

「你低頭從垂簾間偷看一下房間。」

博雅聽從晴明吩咐，膝行至垂簾前，將臉貼在垂簾上。

只見黑暗中佇立著一團發出朦朧綠光的物體。

那亮光很微弱，甚至比螢火蟲的亮光還弱。

有人影——是女人。

女人佇立在女侍房間中央，大大張開嘴巴，呼、哈地呼吸著。

每逢呼氣，口中似乎會吐出某種東西，令女侍的鼾聲逐漸深沉。

「是那個？」博雅問。

「正是。」

「怎麼辦？」

「再等一下，等她開始吸血。不然師尹大人大概不肯相信。」

晴明還未說畢，女人已悄然跨開腳步，雙眼盯著腳下。

女人停止腳步，自言自語：「哎呀，這女人，三天前剛吸過……」

說完，又跨開腳步。

接著又停下來，「這女人太瘦了，有點貧血……」

再度跨開腳步，「喔……」女人的聲音充滿喜悅。

黑暗中，女人似乎笑開了。「這女人挺豐滿的，看上去好像很美味。」

佇立在原地的女人慢慢俯下身，趴在酣睡中的一名女侍身上。

「可以了，博雅，把燈火點上。」

博雅在燭盤上點上火，晴明舉著燭盤站起身。

「走吧。」

左手舉著燭盤，右手掀開垂簾，晴明鑽進垂簾內。博雅跟在晴明身後。

晴明與博雅闖進房間內時，女人仍趴在女侍身上，文風不動。

女人口中傳出嬰兒吸吮奶汁的聲音，令人不寒而慄。

晴明不在乎地走到女人身邊，將舉在左手的燭盤火焰貼在緊握住女侍衣領的女人右手上。

「哎呀！」

女人尖叫著滾倒在一旁。「你做什麼？想阻擾我進餐嗎？」

女人站起身。嘴巴四周沾滿紅色鮮血。

咻！

咻！

女人口中傳出呼吸聲。

然而，令博雅目瞪口呆的是，這麼大的騷動，卻沒有任何女侍醒過來。

「博雅，這兒由我來，你去叫師尹大人過來一下……」

「知、知道了。」

博雅點頭，往後退步，退到走廊時，轉身慌忙小跑至師尹的寢室。

六

「這不是葵嗎？」藤原師尹說道。

師尹立在窄廊，俯視庭院。

庭院中，窄廊前方站著兩個隨從，各在左右按壓住中間的女人。

師尹正是看到那女人，叫出那女人的名字。

庭院左右各燃燒著篝火，火紅烈焰熊熊往夜空伸展。

晴明與博雅站在師尹右側。

「這麼說來，每夜吸吮女侍鮮血的就是葵嘍……」師尹問。

「也可以這樣說吧。」晴明點頭。

「其他女侍呢？」師尹問。

「大家都平安無事。被吸了血的女侍與其他所有女侍，大概一直到早上都不會醒來吧。趁她們還未醒來之前，及時處理，便可以不讓女侍知道是誰在吸血，而完滿解決這個問題。」

「可是，我該如何處理？晴明大人……」

師尹還未語畢，女人——葵——便開口大叫：

「喂！讓我吸血，讓我吸血……」

女人嘴巴四周仍沾滿了鮮血。

「那女人……看來是有某種東西附身在葵身上，只要驅除那東西，就可以根除此問題。」

「怎麼驅除？」

「我來和她說說看。」

晴明說畢，留下博雅和師尹，跨下窖廊來到庭院。

走了數步，晴明來到左右兩側被隨從按壓住的女人面前。

「咳！」

女人張口朝晴明臉上吐出某種東西。

晴明用左袖接住。白色袖口沾上了一口濁黑污血。

「哎，傷腦筋。」

晴明若無其事地瞄了一眼弄髒的袖口，往女人額上伸出右手食指。

「嚇！」

女人欲張口咬住晴明的食指，但晴明的食指伸至女人額上時，女人突然靜止不動了。

「說吧，妳到底是誰？」晴明問。

「我是活了一百五十年的水蛭，住在神泉苑的池子。」女人開口。

「住在神泉苑的水蛭為何會附身在這女人身上？」

「是。很久以前，空海和尚曾在神泉苑祈雨，那時他在池中拋下一張寫有諸龍眞言的紙。而湊巧在池中吃掉那張紙的，正是我。大概是吃了眞言，

我才獲得了神力，活得如此久吧。」

「然後呢？」

「我忘不了眞言的味道，一心盼望能再度降落寫有眞言的紙，結果，大約十年前，落下了妙月和尙寫的諸龍眞言……」

「那眞言也被你吃了？」

「是。吃過兩次後，更是益發想吃。今年會有嗎？明年會有嗎？我每年都在盼望眞言降落。然後，十天前，有個女人進入池中，口中唸著諸龍眞言。於是我當下吸了她的血，附身在她身上。那女人正是現在這女人。」

「原來如此。」

「附身在人身上後，由於不是在水中，每逢夜晚便會口渴，肚子也餓得厲害，只好……」

「所以才吸了女侍們的鮮血？」

「是。」

「可是，既然事跡敗露，你就乖乖回去吧。」

晴明語畢，食指依然點在女人額上，喃喃唸起咒文，最後含住女人鼻尖，「呼」地一聲，於鼻內吹進一口氣息。

結果，「咳！」一聲，女人張口。

「那是……」師尹在窄廊上叫出聲。

有某種東西自女人張開的口中爬了出來。

那東西表面光滑黝黑。正是一條如兒童手腕那般粗的水蛭。

水蛭從女人口中爬出後，蜿蜒地往池子蛇行。

「看樣子，你是爲了想得到祈雨用的眞言，才故意製造出這種旱天吧。」

晴明煞有介事地說，「那池中的水是從鴨川引進來的，你可以沿著池水游到鴨川，再游到大海，到海龍王那兒，告訴海龍王，晴明請他儘速降雨……」

不知水蛭有沒有聽到晴明的話。

只見水蛭從池邊滑進池內，消失在烏黑水中，不見蹤影。

用過師尹命人準備的酒菜，天亮前，晴明與博雅坐著牛車離開了師尹宅邸。

晴明與博雅正要鑽進牛車內時，昏暗的夜空突然響起雷聲，上天嘩啦啦地下起雨來了。

七

「喂，晴明。」博雅在歸途的牛車內開口。

雨滴猛烈地打在牛車與大地上。

「這雨，是你讓海龍王下的？」

「呵呵。」晴明只是浮出曖昧的笑容，不予作答。

「晴明，你說呀，這雨是不是你讓海龍王下的？」

「博雅，白天時我不是說過了？」

「說過什麼？」

「不管是唸什麼咒文，還是召喚海龍王出來，都無法左右與天地運轉有關的一切……」

「可是，雨不是下了嗎？」

「呵呵。」對於博雅的質問，晴明依然只報以微笑。

「喂，晴明……」

「什麼事？」

「下雨了，眞好。」

「嗯，的確好。」

「順便告訴你一件事，不管這雨是不是你讓上天下的，總之那個藤原師尹大人已認定是你讓上天下的。」

「就讓他這樣認爲吧。」

「日後大概有一陣子，我在宮中會時常聽到你讓上天下雨的風聲吧。」
「會嗎？」
「肯定會。」
「若是這樣，也就不枉我們今天特地到師尹大人宅邸除邪了。」
晴明唇邊含著微笑，說畢，傾耳靜聽敲打著大地的雨聲。

後記

這是我喜歡的《陰陽師》第三部，也是博雅與晴明的第三本故事集。

自第二部上市以來，第二年便出版了第三部。比起第一部與第二部所相隔的七年，這應該算相當快吧。由於漫畫版《陰陽師》的作者岡野玲子小姐，作畫速度快得即將趕上原著，目前，我是每隔三個月就寫一篇新作。

在此，我想聲言一件事：岡野玲子的作畫能力與品味，是當代首屈一指的。

我所說的「品味」，當然也包含她作畫、創造故事的感性，但其中絕大部分，是與不可名狀的部分有關。

原本想在此一口氣盛讚她的品味，遺憾的是，我無法找出適當詞彙來形容。無法找出詞彙、不可名狀這種事，眞是令人捶胸頓足。

然而，她的品味毫無疑問地確實存在，這也是爲什麼漫畫版《陰陽師》能在無數部描繪平安時代的漫畫中，脫穎而出的原因。

這不可名狀的品味，簡單說來，正是任何人都無法模仿的才能。

也因此，才會令漫畫版《陰陽師》不僅在平安時代漫畫中，更在琳瑯滿目的漫畫作品裡別開生面。

這種「品味」——或者我們就稱之爲感性吧。

岡野玲子的漫畫，有不可思議的留白、奇妙的時間，以及空間。而且不限於作畫的構圖上，也不侷限在情節的分割上。

無論是人與人之間的情感與感性，抑或與故事、影像有關的部分，都存在這種不可思議的留白、時間與滑稽感。另外值得一提的是，岡野玲子非常用功，有關平安時代的事，我總是求教於她。

小說版《陰陽師》能與漫畫版《陰陽師》邂逅，亦即，能與岡野玲子的才能邂逅，可以說是極爲幸福的事。漫畫版《陰陽師》目前正在《コミックバーガー》（*Comic Burger*，SCHOLAR出版）連載當中，而我的另一部《餓狼傳》也在同一漫畫雜誌連載，這也是遇到適當畫家的幸福例子。

《餓狼傳》的板垣惠介、《陰陽師》的岡野玲子，皆能以原著精髓爲中心點，又能夠自由脫離原著創作，而這正是兩人富吸引力的特點。

畫家若是很有才華，這些脫離原著愈遙遠的作品，就益發有趣。

當然這也要看畫家的資質，不過，通常依照原著改編的漫畫，看它們能脫離原著飛得多遠，就是判斷改編作品是否有趣的重點之一。

總之，《陰陽師》已出版到第三部了。

預定還要繼續寫下去。

敬請大家期待第四部。

一九九七年十月二十一日
於小田原
夢枕獏

編注：一九九九年創刊，當時由スコラ社（SCHOLAR）出版。其後轉至ソニーマガジンズ社（Sony Magazine），更名爲《コミックバーズ》（*Comic BIRZ*），由幻冬舍出版。

作者介紹

夢枕獏（YUMEMAKURA Baku）

日本SF作家俱樂部會員、日本文藝家協會會員。生於神奈川縣小田原市，東海大學文學部日本文學系畢業。嗜好是釣魚，特別熱愛釣香魚。也熱中泛舟、登山等等戶外活動。此外，還喜歡看格鬥技比賽、漫畫，喜愛攝影、傳統藝能（如歌舞伎）的欣賞。

夢枕先生曾自述，最初使用「夢枕獏」這個筆名，始自於高中時寫同人誌風的作品。「獏」這個字，正是中文的「貘」，指的是那種吃掉惡夢的怪獸。夢枕先生因爲「想要想出夢一般的故事」，而取了這個筆名。

年表：

一九五一年	一月一日生於神奈川縣小田原市。
一九七三年	東海大學日本文學系畢業
一九七五年	到海外登山旅行，初訪尼泊爾。
一九七七年	在筒井康隆主辦的SF同人雜誌《NEO NULL》、及柴野拓美

主辦的《宇宙塵》上發表作品。在《NEO NULL》上發表的〈蛙之死〉受到業界人士注意，同作轉至ＳＦ專門商業出版雜誌《奇想天外》刊登而成爲出道作。之後在《奇想天外》發表中篇小說〈巨人傳〉，而正式開始作家之路。

一九七九年　在集英社文庫Cobalt推出第一本單行本《彈貓的歐爾歐拉涅爺爺》。

一九八一年　在雙葉社推出第一次的單行本新書《幻獸變化》。

一九八二年　在朝日Sonorama文庫推出Chimera系列第一部《幻獸少年Chimera》。

一九八四年　在祥傳社Non-Novel書系發表的「狩獵魔獸」系列三部曲成爲暢銷作。

一九八六年　循《西遊記》裡的旅途前往中國大陸作取材之旅，從長安到吐魯番。「陰陽師」系列開始連載。

一九八七年　繼續西遊記行程。下半年與野田知祐一同在加拿大的育空河泛舟。

一九八八年　第三次踏上西遊記的旅程，到天山的穆素爾嶺。文藝春秋社出版《陰陽師》。

一九九七年　文藝春秋社出版《陰陽師—付喪神卷》。

一九九九年　《陰陽師—生成姬》於朝日新聞晚報開始連載。

二〇〇〇年　文藝春秋社出版《陰陽師—鳳凰卷》。

二〇〇二年　文藝春秋社出版《陰陽師—龍笛卷》。

二〇一〇年　文藝春秋社出版《陰陽師—天鼓卷》。角川書店出版與天野喜孝、徊松谷共同合作的《楊貴妃的晚餐》。

二〇一三年　八月參加NHK總合台的柳家權太樓的演藝圖鑑節目播出。九月在東京歌舞伎座上演《陰陽師—瀧夜叉姬》，創下全公演滿座紀錄。十月小學館出版長篇小說《大江戶恐龍傳》系列。

二〇一四年　文藝春秋社出版《陰陽師—蒼猴卷》、《陰陽師—螢火卷》，後者出版後獲得十一月網路票選「二十歲男性閱讀的時代小說」第二名。

二〇一五年　曾獲第十一屆柴田鍊三郎獎的小說《眾神的山嶺》，將由導演平山秀行翻拍成電影，阿部寬與岡田准一主演，三月前往尼泊爾山區取景，將於二〇一六年於日本全國院線上映。睽違十二年《陰陽師》再度影像化，夏季將在朝日電視台播出同名SP電視劇，由歌舞伎演員市川染五郎主演。

二〇一七年　作家生涯四十週年，榮獲菊池寬獎及日本推理大賞。

陰陽師・第三部　付喪神卷／夢枕獏著；茂呂美耶譯
一二版.一新北市：木馬文化事業股份有限公司出版：
遠足文化事業股份有限公司發行，2018.03
304面；14×20公分.-(繆思系列)
ISBN 978-986-359-500-7（平裝）
861.57　107000753

繆思系列
陰陽師〔第三部〕付喪神卷

作　　者　夢枕獏（Baku Yumemakura）　封面繪圖　村上豐
譯　　者　茂呂美耶
副 社 長　陳瀅如
總 編 輯　戴偉傑
編　　輯　王淑儀
行銷企劃　廖祿存
特約編輯　連秋香
封面設計　蔡惠如
美術編輯　蔡惠如
內文排版　綠貝殼資訊有限公司

出　　版　木馬文化事業股份有限公司
發　　行　遠足文化事業股份有限公司（讀書共和國出版集團）
231新北市新店區民權路108-3號8樓
電話 02-22181417　傳真 02-22180727
E-Mail service@bookrep.com.tw
郵撥帳號 19588272木馬文化事業股份有限公司
客服專線 0800221029
法律顧問　華洋法律事務所　蘇文生律師
印　　刷　成陽印刷股份有限公司
二版一刷　2003年8月
二版三刷　2025年3月
定　　價　340元
I S B N　9789863595007